Marie Sophie Schwartz

Die Witwe und ihre Kinder

Marie Sophie Schwartz

Die Witwe und ihre Kinder

ISBN/EAN. 9783743459274

Hergestellt in Europa, USA, Kanada, Australien, Japan

Cover: Foto ©Andreas Hilbeck / pixelio.de

Manufactured and distributed by brebook publishing software (www.brebook.com)

Marie Sophie Schwartz

Die Witwe und ihre Kinder

Die Wittwe und ihre Kinder.

Von

Marie Sophie Schwartz.

Aus dem Schwedischen

von

Dr. C. Büchele.

Zweiter Band.

Willst du erkennen deine Pflicht,
Brauchst nur dein Herz zu fragen.
Gyllenborg.

Stuttgart.

Franckh'sche Verlagshandlung.

1864.

Druck der K. Hofbuchdruckerei Zu Guttenberg.

I.

Die Zeit bis Weihnachten verging unter Arbeit und Fleiß sehr schnell in dem kleinen Adersberg.

Eugen schrieb regelmäßig jede Woche, und aus seinen Briefen ließ sich abnehmen, daß er in einer ernsten Gemüthsstimmung war. Oft schien ein Gepräge von Schwermuth ihnen aufgedrückt zu sein, aber dieß gab sich nur in den Briefen an die Mutter deutlicher zu erkennen.

Wäre Nina eine schwache Mutter gewesen, so hätte sie darunter gelitten, aber sie sah ein, daß Eugens einzige Rettung darin bestand, wenn er die bittern Früchte seines leichtsinnigen Lebens zu schmecken bekam.

Elma hatte die Tage bis Weihnachten gezählt, wo sie Eugen wieder sehen sollte. Thekla arbeitete eifrig für die neuen Lektionen, ohne jedoch eine einzige von den Stunden zu versäumen, welche die Mutter ihrem Unterricht widmete, und überdieß nahm sie mit den andern Mädchen an allen Haushaltungsgeschäften Antheil. Obwohl der Kapitän ihr ein väterliches Wohlwollen bezeigte, blieb sie doch schweigsam und zurückgezogen gegen ihn, ohne daß er jedoch diese eben nicht sehr freundliche Gesinnung im Mindesten zu beachten schien.

Thekla, das kleine häßliche Mädchen, war an und für sich Eduard Oernskjöld Nichts; aber ihre Wißbegier interessirte ihn, und er fand eine Freude daran, diese zu befriedigen. Außerdem hatte er zu Nina eine wirkliche Anhänglichkeit gefaßt und fand einen wahren Genuß darin, ihr bei der Erziehung der Kinder auf irgend eine Art behülflich zu sein.

In Folge der bevorstehenden, durch Karls Heirath mit Olga sich anknüpfenden Verbindung war sogar ein vertraulicherer Umgang zwischen ihm und den Bewohnern von Ackersberg eingetreten. Die Mädchen nannten ihn Onkel, und Nina hatte das „Herr Kapitän" gegen das freundschaftlichere „Du" ausgetauscht.

Die Einzige, welche ihn niemals mit dem vertraulichen Wort Oheim anredete, war Thekla; sie vermied es überhaupt, ihm irgend einen Namen zu geben; aber auch dieser Umstand blieb von Eduard, der niemals auf Kleinigkeiten ein Gewicht legte, unbeachtet.

Dazu kam noch, daß seines verstorbenen Bruders Kinder, die nun in Warnäs angekommen waren, seine Gedanken mehrfach in Anspruch nahmen.

Wer aber genau auf Thekla Acht gab und sogar bemerkte, welche Mühe dieselbe sich gab, der Benennung Oheim sich zu entziehen, war Nina.

So war man endlich in der Weihnachtswoche angelangt, und nun wurde Eugen erwartet. Er hatte geschrieben, daß er am Donnerstag oder Freitag eine treffen würde.

Schon früh am Donnerstagmorgen war Elma in Bewegung und zur Seite von Debora, um sich das

Vergnügen zu machen, zum hundertsten Mal mit der Alten die sämmtlichen Lieblingsgerichte Eugens her= zuzählen und noch einmal zu seinem Empfang zu wählen, was bereits ebenso oft schon gewählt wor= den war.

„Glaubst Du, daß er bis Mittag kommen wird?" fragte Elma.

„Nein, das glaube ich nicht; bei diesem un= menschlichen Schneegestöber kann es wohl geschehen, daß er heute überhaupt gar nicht kommt," antwor= tete Debora unter dem Kaffeemahlen. „So, liebes Kind, jetzt gehe hinein und decke den Tisch zum Früh= stück."

„Soll geschehen, liebe Debora," sagte Elma, ging in die Speisekammer, kam aber sogleich wieder zurück.

„Weißt Du, was wir ganz vergessen haben? Das ist doch unverantwortlich."

„Nun, was denn?"

„Wir haben ja Eugens Zimmer noch nicht in Ordnung gebracht, und doch war meine Absicht, dieß schon vorige Woche zu thun."

„Ach, mein Gott, ich habe das Zimmer schon mehrere Tage geheizt, und Thekla hat sich viel da= rin zu schaffen gemacht; aber wer kann denn das sein, der da die Allee heruntergefahren kommt?" rief Debora, warf die Kaffeemühle von sich und eilte an das Fenster.

Elma ließ den Brodkorb auf den Tisch fallen und wäre beinahe mit dem Kopf durch das Fenster gerannt.

„So wahr ich ein sündiger Mensch bin, er ist

es selbst, der prächtige Junge," rief Debora und schlug die Hände über dem Kopf zusammen. „Nun, mein Herzchen, rühr' Dich einmal, daß wir den Kaffeetisch in Ordnung bringen. — Nun muß ich sagen, das heißt Einen doch recht überraschen! Der Junge, der böse Junge."

Und Debora fuhr wieder anf die Kaffeemühle zu, während Elma ganz außer sich mit einer Platte, voll von allen möglichen Dingen, in den Saal tanzte, und in aller Eile den Kaffeetisch deckte. Sie wurde eben damit fertig, als der Schlitten vor der Hausthüre hielt.

Aber nun war es auch mit aller Selbstbeherrschung aus; sie mußte die Erste sein, welche ihn willkommen hieß; und darum ging es auch troß Sturm und Schneegestöber hinaus; und gerade als Eugen den Fuß auf die Thürschwelle setzte, fühlte er sich von ein Paar weichen Armen umschlossen, und eine freudige, holde Stimme rief:

„Willkommen, willkommen, Du großer Ausreißer! Lieber Eugen, so haben wir Dich doch wieder bei uns!"

„Ach Elma, meine liebe, kleine Schwester, Du bist doch immer dieselbe!" stammelte Eugen, und folgte ihr auf die Hausflur, wo er beinahe Debora über den Haufen gerannt hätte, welche aus der Küche herbeieilte, um ihn vor allen andern zu begrüßen.

„Gott tröste mich über das Mädchen! Da schießt sie hin und kommt mir doch noch zuvor!" rief Debora. Eugen ließ Elma los und drückte der alten treuen Dienerin die Hand.

Das Geräusch von dem Fuhrwerk und der Laut der Stimmen hatte auch Nina's Ohr erreicht, während sie in ihrem Schlafzimmer an der Arbeit saß. Die Wangen lebhaft geröthet, trat sie in ihr Wohnzimmer hinaus, gerade als Elma und Debora Eugen, nachdem die letztere ihm seinen Ueberrock abgenommen hatte, im Triumph hereinführten.

„Eugen! Eugen, Tante!" rief Elma mit freudestrahlendem Angesicht.

Ehe Nina ein Wort der Ueberraschung aussprechen konnte, fühlte sie sich fest umschlungen von ihrem Sohne, welcher mit einer Bewegung, die nur ihr verständlich war, flüsterte:

„So bin ich wieder unter diesem geliebten Dache!"

„Und der Aufenthalt hier wird meinen Sohn wieder froh und glücklich machen, nicht wahr?" flüsterte Nina so leise, daß nur er es hörte.

Im nächsten Augenblick hatte Elma auch Olga und Thekla von Eugens Ankunft unterrichtet, und er fand sich bald wieder von allen denen umgeben, welche er liebte und welche ihn wieder liebten, aber unter den Freuden des stürmischen Studentenlebens bei ihm fast in Vergessenheit gerathen waren.

Als der Kaffee getrunken war und man von der ersten Freude sich etwas erholt hatte, sagte Thekla:

„Eugen, willst Du nicht Deinen Mantelsack in Dein Zimmer hinauftragen lassen?"

„Gewiß, Schwesterchen, das will ich; zudem muß ich nach der Reise mich auch ein wenig aufputzen, besonders da ich im Sturm hier eingeführt worden bin, ohne daß ich auch nur meinen Bart ein wenig in Ordnung bringen konnte," antwortete Eugen mit Lächeln, aber es war nicht mehr das heitere Jugendlachen, wie ehedem.

Mit seinem ganzen äußern Menschen war eine große Veränderung vorgegangen, und er hatte etwas Männlicheres und Ernsteres — etwas beinahe Trauriges angenommen, was ganz und gar nicht an den frühern übermüthig fröhlichen und muntern Eugen erinnerte.

Jedermann hatte diese Veränderung bemerkt, aber Niemand hatte ein Wort darüber gesagt. Die Mädchen dachten, er sei von der Reise ein wenig derangirt und angegriffen.

Nina kannte den Grund nur allzu gut, hütete sich aber wohl, die Aufmerksamkeit darauf zu lenken.

Eugen stand auf, um in sein Zimmer zu gehen.

„Darf ich mit Dir?" fragte Thekla; „nur Dich hinaufbegleiten; ich werde mich dann sogleich wieder zurückziehen."

„Gern, Thekla, aber ich fürchte, Du wirst mir böse, wenn ich Dir sage, daß ich die Kleinigkeiten, wovon Du mir schriebst, vergessen habe," bemerkte Eugen.

„Glaube ihm nicht, Thekla; er sagt nur so, er hat sie nicht vergessen," rief Elma lebhaft.

Eugen erröthete und sah Elma mit einem eigenthümlichen Ausbruck von Schmerz an, indem er sagte:

„Aber es ist die wirkliche Wahrheit, daß ich alle Eure Kommissionen vergessen habe."

„Bah! Das glaube ich nicht; aber geh nun auf Dein Zimmer, lieber Eugen, und putze Dich, Du

siehst etwas unordentlich aus. Indessen habe ich
mit Debora ein wenig zu schaffen, und die Tante
bekommt auch dabei zu thun; denn wir haben zur
Weihnachtsbäckerei Vorkehrungen zu treffen, siehst
Du! Olga muß sich auf den Empfang ihres Aus-
erwählten richten, welcher gestern Abend in Warnäs
angekommen ist und bald hier sein wird. — Ach!
Die Verliebten, die Verliebten!" setzte Elma mit
einer philosophischen Miene hinzu und eilte in die
Küche.

Thekla nahm ihren Bruder am Arm und führte
ihn auf sein Zimmer. Als Eugen die Thüre öffnete, blieb er auf der Schwelle stehen. Das Zimmer war neu tapezirt, die Möbel frisch angestrichen
und mit neuem Kattun überzogen. Im Ofen brannte
ein Feuer und das Ganze sah höchst behaglich aus.

„Ei, was hat die Mama so viel Geld für mein
Zimmer ausgegeben!" rief Eugen.

„Still!" flüsterte Thekla, schloß die Thüre und
zog den Bruder zum Bette hin. Auf einem kleinen
Kißchen an der Wand über demselben hing Eugen's
Uhr, welche er versetzt hatte und seitdem nicht einzulösen im Stande war.

„Was soll das heißen, Thekla," fragte er mit
einem Ausdruck von Schmerz und Erstaunen.

„Ich will Dir es sogleich sagen, wenn Du nur
erst Deine Uhr genommen hast," antwortete Thekla,
indem sie die Uhr von der Wand nahm und ihm
darreichte.

„Hat Mama —?"

„Nein, Mama weiß davon ganz und gar nichts,
auch hat das Zimmer sie nichts gekostet; sondern

das habe ich gethan, um Dir und ihr eine Ueberraschung zu bereiten."

„Thekla! Woher hast Du so viel Geld bekommen?"

„Komm und setz' Dich hieher, so will ich Dir
Alles zusammen erzählen. Sag' erst, wie Dir das
Zimmer gefällt?"

Dabei sah sie ihn mit strahlenden Augen an.

„Wie es mir gefällt, Thekla? Mehr als ich mit
Worten auszudrücken vermag; aber es brennt mir
in der Seele, wenn ich bedenke, was es Dich gekostet hat, und dann — die Uhr! Wenn Du ahnen
könntest, wie dieser Edelmuth mich demüthigt."

Eugen kreuzte die Arme auf der Brust, senkte
den Kopf und setzte hinzu:

„Aber wie mußtest Du, wo meine Uhr war?"

„Das sollst Du alsbald erfahren. Aber Du darfst
nicht so betrübt aussehen."

Mit diesen Worten faltete Thekla die Hände über
der Stirne des Bruders, drückte ihre Stirne darauf
und fuhr mit einem Lächeln, welches das kleine
häßliche Mädchen wirklich schön machte, fort:

„Siehst du, Eugen, ich will mit meinem kleinen
Berichte der Ordnung nach verfahren, und darum
kommt die Uhr zuletzt. Als Du vergangenen Winter von hier abreistest, beschloß ich, Alles, was ich
verdienen konnte, zusammenzusparen, um Dein Zimmer auf nächste Weihnachten schön und behaglich
herzurichten, denn Du sagtest einmal: ‚sobald ich
die Mittel besitze, lasse ich das Zimmer hier neu
tapeziren und mir recht behaglich machen.' — „Am
siebenundzwanzigsten Januar reistest Du von hier

ab, und den folgenden Tag begann ich ebenso früh
wie Mama, das heißt um vier Uhr, mich aufzu-
machen. Sobald Mama in das Gesellschaftszimmer
hinaus war und dort an die Arbeit ging, zündete
ich mein Licht an, setzte mich im Bett hin und stickte
oder häckelte bis sechs Uhr, — die gewöhnliche Zeit
des Aufstehens für mich. Von sechs Uhr bis zum
Frühstück lernte ich meine Aufgaben. Um etwas
Zeit zu gewinnen, nahm ich gleichfalls dabei eine
kleine Handarbeit vor. — So arbeitete ich zehn
Monate, und Du darfst mir glauben, daß ich auf
diese Weise eine schöne Anzahl Spitzen, Vorduren
und Tischdecken zu Stande brachte, welche ich entweder selbst oder durch Muhme Greta verkaufte.
Ich sprach mit dem Bauern Anders von dem Di-
striktsgericht, und er strich mir Deine Möbel an dafür, daß ich ihm für seine Mutter eine Decke häckelte.
Debora und ich, wir zogen die Tapeten selbst auf
und bekleideten die Möbel mit dem Kattun hier,
den Muhme Greta mir kaufte. Anders strich noch
die Decke an, und auf diese Weise habe ich Dein
Zimmer verschönert."

„Und all Dein Geld ist darauf gegangen," fiel
Eugen ein.

„Ach nein, nicht Alles; ich hatte noch etwas zu
Weihnachtsgeschenken für Mama und die Mädchen
übrig."

„Aber die Uhr, die Uhr?"

„Ja, siehst Du, als Svante von Upsala heim-
kam, machte er hier zuweilen einen Besuch, und eben
so traf ich ihn jedesmal, wenn ich zum Spielen nach
Warnäs ging, und er pflegte mich dann heimzube-

gleiten. Eines Tags bat ich ihn, mir zu sagen, was Du seiner Meinung nach wohl am gernsten auf Weihnachten haben möchtest, und er antwortete: ‚Gewiß wäre es ihm am liebsten, wenn er seine Uhr wieder bekäme, welche er für dreißig Reichsthaler versetzt hat.' — „Ich grübelte lang darüber nach, wie ich in einem Monat so viel Geld zusammenbringen könnte, als Tante Klint mir einmal vorschlug, ob ich nicht eine Tischdecke, an welcher sie angefangen hatte, fertig machen wollte. Ich arbeitete recht eifrig und kam damit vor einer Woche zu Stande und erhielt fünfundzwanzig Reichsthaler von der Tante. Das noch Fehlende verschaffte ich mir auf andere Weise, und Svante besorgte mir die Einlösung der Uhr."

„Aber wie hast Du das Fehlende aufgebracht?"

„Willst Du mir die Antwort darauf nicht erlassen?"

„Nein, mein geliebtes Schwesterchen, das geht nicht an; ich bitte Dich; Du machst mich in der That unruhig."

„Nun ja, es ist nichts so Gefährliches, lieber Eugen. Ich habe blos meine beiden Myrtenbäumchen verkauft," antwortete Thekla munter.

„Die Bäumchen, von welchen Mama den einen, ich den andern pflanzte, als Du noch ganz klein warest, und auf welche Du so viel hieltest, daß Du immer sagtest, wenn sie abstürben, würdest Du genug weinen müssen. Thekla, Thekla, sieh mir in die Augen und sage mir, hast Du Dich ohne Thränen von ihnen zu trennen vermocht?"

„Ich versichere Dich, daß" — Thekla war keine

Freundin vom Lügen, darum erröthete sie und setzte
kurz hinzu:

„Daß es kein großes Opfer war.“

„Jetzt redest Du nicht die Wahrheit, geliebtes
Schwesterchen. O, sprich, sage mir, was Du doch
weißt, daß Du mit Thränen und Küssen Dich von
den Bäumchen, welche mit Dir aufgewachsen sind,
getrennt hast.“

Thekla's Augen standen voll Thränen, während
sie freundlich antwortete:

„Es mag sein, daß ich weinte, aber was hatte
das zu bedeuten, gegen die Freude, welche ich bei
dem Gedanken empfand, Dir eine Ueberraschung bereiten zu können. Uebrigens habe ich von dem großen Baume zwei Reiser genommen, bereits gesteckt,
und sie werden Wurzel schlagen und mit der Zeit
auch zu ein paar großen Bäumen werden. — Laß
uns nicht davon reden. Ich bin jetzt so glücklich,
so glücklich!“

Eugen war allzu gerührt, um nur ein einziges
Wort hervorzubringen. Er schlang die Arme um
sie, und Thekla legte die ihrigen um seinen Hals.
So saßen sie eine Weile, bis Thekla ein paar Thränen auf ihrer Stirne fühlte. Sie sah auf und bemerkte, daß ihres Bruders Angesicht feucht war.

„Eugen, bist Du mir böse?“ fragte sie unruhig.

„Nein, Thekla, ich bin zu gleicher Zeit so glücklich und so unglücklich, daß das Herz mir die Brust
zersprengen will. Glücklich, mich so geliebt zu sehen;
unglücklich in dem Bewußtsein, es nicht zu verdienen. Du weißt nicht, Du armes Kind, wozu jenes
Geld, welches ich für die Uhr erhielt und dessen

Wiederaufbringen Dich so viel gekostet hat, angewendet wurde; wüßtest Du es, Du könntest mich
nicht so lieb haben, wie Du jetzt thust."

„O gewiß, Eugen, ich würde gerade so, wie
Mama, Dich doch lieb haben, welche Fehler Du auch
an Dir hättest; aber warum daran denken? Du bist
mein leiblicher Bruder, meiner geliebten Mama er-
stes Kind, und wie wäre es mir wohl möglich, Dich
nicht von ganzer Seele zu lieben?"

„Danke, danke," murmelte Eugen. „Das ist
vielleicht eine der härtesten Strafen für meine begangenen Fehler; denn gibt es wohl eine empfind-
lichere Züchtigung für die eigenen Verirrungen, als
das Bewußtsein, die Zärtlichkeit, welche an uns ver-
schwendet wird, nicht zu verdienen? — Niemals
werde ich diesen Augenblick vergessen."

„Darf ich hereinkommen?" ließ sich Nina's Stimme
außen vernehmen, „oder habt ihr noch weitere Weih-
nachtsheimlichkeiten abzumachen?"

„Ach, komm' herein, Mama!" rief Eugen und
sprang auf.

„Sage Nichts von der Uhr," flüsterte Thekla,
„es könnte sie vielleicht betrüben."

Im nächsten Augenblick ging die Thüre auf;
aber anstatt einzutreten, blieb Nina ganz überrascht
auf der Schwelle stehen. Thekla sprang auf, umschlang die Mutter und rief:

„Ist es hier nicht gemüthlich?"

Eugen setzte mit einer Mischung von Wehmuth
und Freude hinzu:

„Gibt es wohl Jemand, der eine solche Mutter
und eine solche Schwester hat, wie ich?"

Nina schloß Thekla mit einem Ausbruck ber wärmsten Mutterliebe an ihre Brust.

. . . .

Eine Weile hernach entfernte sich Thekla, und Mutter und Sohn waren allein.

„Sie ist wirklich bewundernswerth, meine kleine Thekla, in ihrer Anhänglichkeit," sagte Nina und sah sich rings im Zimmer um. „Denke nur, welche unerhörte Mühe es das arme Kind gekostet hat, dieß Alles durch ihre Arbeit zu Stande zu bringen. Von mir hat sie dazu keinen Beitrag erhalten.

„Und Du weißt noch nicht einmal Alles," entgegnete Eugen; „aber Du hast so viele kummervolle Stunden meinetwegen gehabt, und verdienst also wohl die Genugthuung, zu erfahren, daß wenigstens eines von Deinen Kindern Deiner würdig ist."

„Ihr seid beide meine lieben guten Kinder, denn eine Stimme in meinem Herzen sagt mir, daß ein braver Mann aus Dir wird, wenn Du auch ein unbedachtsamer Jüngling gewesen bist."

„Die Erfahrung hat mich gelehrt, daß es keine größere Qual auf Erden gibt, als das Bewußtsein, mich Deiner Liebe und Achtung unwürdig gemacht zu haben. Ach, meine Mutter! Wenn Du in meinem Herzen lesen könntest, so würdest Du finden, wie sehr ich mich bei dem Gedanken an Alles, was Thekla für ihren leichtsinnigen Bruder gethan hat, gedemüthigt fühle."

„Eugen," sagte Nina in mildem Tone, „Du hast Dir ja in Bezug auf die kleinen Opfer, welche Thekla mit Ausschmückung dieses Zimmers gebracht hat,

Nichts vorzuwerfen. Damit hat sie ja Dir nur eine frohe Ueberraschung bereiten wollen."

„Aber, Mama, diese Uhr, welche sie einlöste, nachdem ich sie verpfändet hatte, um Geld zu . . . zu . . . ich schäme mich zu sagen wozu, aufzutreiben, diese Uhr wird mich immer an die Augenblicke bitterer Demüthigung erinnern, welche ich jetzt durchlebe."

„Hast Du die Uhr verpfändet?" fragte Nina erbleichend.

„Ja, diese Uhr, welche Du mir zum Andenken an meinen Vater gegeben. Deine Tochter, noch ein Kind, hat durch ihre Arbeit so viel gesammelt, um sie einlösen zu können, um mir die Demüthigung zu ersparen, meine elende Handlungsweise, mein vollkommenes Vergessen aller Achtung gegen Dich und meinen dahingegangenen Vater, das mich zur Befriedigung meiner unedeln Lüste das Andenken an meine erste Communion zu verpfänden antrieb, vor Dir gestehen zu müssen. — Thekla wollte nicht, daß Du es erfahren solltest; sie wollte Dir den Schmerz ersparen; aber ich wäre Deiner vollkommen unwerth, wenn ich nicht meine Fehler und ihren Edelmuth erkennen wollte.

„Ich danke Dir, Eugen, nun erkenne ich meinen Sohn wieder," sprach Nina gerührt. „Alle Fehler werden durch Aufrichtigkeit und Reue gesühnt."

Die Mutter drückte ihre Lippen auf die Stirne des Sohnes, und er umschloß sie mit seinen Armen. Es war ein feierlicher, heiliger Augenblick für beide.

II.

Ein paar Tage nach Eugens Ankunft zu Hause saßen er und Elma allein im Gesellschaftszimmer. Elma hatte vollauf zu thun, um mit der letzten der Gardinen fertig zu werden, welche sie, Olga und Thekla zum Weihnachtsgeschenk für Nina gehäckelt hatten.

„Nun, Eugen, Du hast noch gar Nichts von den Kleinigkeiten, welche Du für mich kaufen solltest, zum Vorschein gebracht. Siehst Du, den Wachsstock soll mein Schwager bekommen. Die Glasleuchter habe ich für Thekla bestimmt. Sie hat sich lang ein Paar dergleichen gewünscht, und da sie, die arme Kleine, sich selbst niemals Etwas kauft, so will ich sie ihr zugleich mit einem Spiegel, den ich für sie bestellt habe, geben. Für die Fräulein Klint hast Du wohl ein paar schöne Nadelbüchschen gekauft? Die Blumenvase hast Du doch nicht vergessen? die soll Olga haben, und die Gardinenrosetten? die bekommt die Tante sammt den Gardinen. Ich bin überzeugt, daß Du es recht schön ausgewählt hast. Gestehe, daß ich es in der Kunst, meine Neugier zu beherrschen, weit gebracht habe, da ich zwei volle Tage vergehen ließ, ehe ich Dich bat, mich alle diese Herrlichkeiten sehen zu lassen.

„Wirst Du mir böse werden, wenn ich Dir gestehe, daß ich alle Eure Kommissionen vergessen habe?" sagte Eugen, nicht im Scherze, sondern ganz ernsthaft.

„Das glaube ich nicht; ich weiß im Gegentheil,

2*

daß Du nicht eines von allen diesen Dingen vergessen hast. Es verlohnt sich gewiß nicht der Mühe,
so feierlich darein zu schauen, um mich dadurch zu
bewegen, Deinen Worten Glauben zu schenken. Ich
thue es doch nicht."

„Aber ich versichere —"

„Das hilft zu Nichts. Ich bin kein unverstän-
diges Kind, wie vor Zeiten, welches Deinen Worten Glauben schenkt, wenn Du mich ärgern willst.
Nein, ich bin nun achtzehn Jahre alt und eine verständige Frau. Also, laß mich nur die Sachen
sehen; ich brenne vor Ungeduld."

„Glaube nicht, daß ich scherze," erwiederte er,
„wenn ich Dich versichere, daß ich Euren Brief und
den Auftrag, welchen er enthielt, ganz und gar vergessen habe, bis zu dem Augenblick, da Du mir
hier entgegenkamest; da erst kam mir die Sache wieder in den Sinn."

„Das ist nicht möglich, Eugen, denn Du wußtest ja, wie betrübt wir in einem solchen Fall sein
würden."

Auf Elma's Angesicht brannte eine lebhafte Röthe,
und sie betrachtete ihn mit einer gewissen unruhigen
Erwartung, welche zunahm, je länger sie ihn ansah,
denn seine ernste Miene blieb dieselbe, und seine
Stimme klang ziemlich mißmuthig, als er antwortete:

„Leider ist es möglich, denn ich bin in der That
so unentschuldbar vergeßlich gewesen, und es schmerzt
mich mehr als Du glauben kannst."

Er wollte ihre Hand fassen, aber sie entzog ihm
dieselbe, und der heitere Ausdruck verschwand aus

ihrem Angesicht. Mit einer Stimme, der man wohl
anmerkte, daß sie nur mit Mühe den Ausbruch des
Weinens erstickte, sprach sie:

„Du hast einmal zu mir gesagt: ‚Glaube nie=
mals, daß ich Etwas vergessen kann, womit ich Dir
eine Freude zu machen im Stande bin'; — „seitdem
sind anderthalb Jahre verflossen; aber damals hiel=
test Du noch so viel auf uns, daß Du Nichts ver=
gessen konntest, — um was wir Dich baten; aber
— — jetzt — jetzt — bist Du ganz anders, merke
ich. Du denkst nicht an uns, wenn Du uns nicht
siehst, Du bist nicht mehr froh und glücklich bei uns;
— und ich, die sich so sehr nach Dir sehnte, die bis
zu Deiner Rückkehr die Tage zählte und mit so
viel Freude an die bevorstehenden Weihnachten ge=
dachte —“

Jetzt drangen die zurückgehaltenen Thränen hervor.

„Elma, Elma, höre mich, und Du wirst mir
verzeihen.“

„Nein, Eugen, ich will Nichts hören. Ich habe
schon lang zu bemerken geglaubt, daß Deine Liebe
zu der Heimath und zu uns eine Veränderung er=
litten hat. Es war Dir Nichts daran gelegen,
heimzukommen, obwohl Svante's Krankheit nicht die
ganze Zeit der Ferien dauerte. Nein, es wäre ein
unnöthiger Kostenaufwand, schriebst Du. Und nun,
da Du kommst, hast Du Alles vergessen, was uns
erfreuen konnte. Und wo findest Du wohl anhäng=
lichere Herzen, als eben hier? Wie ist es möglich,
diejenigen, die man von Kindheit an geliebt hat, so
vollständig zu vergessen?“

Elma hatte heftig und mit abgewendetem Ge=

ſicht geſprochen, während Thränen die purpurnen
Wangen benezten.

Eugen ſprang auf, faßte lebhaft ihre Hände
und rief:

„Elma, wenn Du ahnen könnteſt, in welcher
tiefen Bekümmerniß ich mich vor meiner Abreiſe von
Upſala befand, wie niedergedrückt ich mich fühlte
von — — von — — Beſchwerde und Mühſeligkeit
aller Art, ſo würdeſt Du nicht das Herz haben, mir
meine Vergeßlichkeit vorzuwerfen. Ach! Du biſt
glücklich, Du, weil Du in Deiner Unſchuld und
Kindlichkeit nicht weißt, wie bitter die Wirklichkeit
ſein kann. Glaube mir, wenn ich Dich verſichere,
daß meine Vergeßlichkeit nicht eine Wirkung von
Kälte, ſondern von allen den Bedrängniſſen war,
welche mich in den letzten Tagen meines Aufent-
halts zu Upſala verfolgten.“

Es lag eine ſo ernſte Traurigkeit in dem Tone
von Eugens Stimme, daß Elma augenblicklich ſich
zu ihm umdrehte, und da ſein Angeſicht daſſelbe Gepräge wie ſeine Worte trug, ſo war ihr Zorn plötzlich verſchwunden.

„Eugen,“ ſagte ſie freundlich, „vergib, vergib,
daß ich Dich betrübt habe. Ach, vergiß Alles, was
ich ſagte. Ich verſichere Dich, daß ich es nicht böſe
mit Dir meinte. Nein, ich war eben eine Närrin,
welche ſich über dergleichen Lappalien ärgern konnte.
Sieh’ nicht ſo bekümmert aus, ſonders laß uns Alles
zuſammen vergeſſen. Jetzt finde ich es ſo natürlich,
daß Du, der Du Kummer hatteſt, an ſolche Kleinigkeiten nicht denken konnteſt. Ich will mich jetzt auf
etwas Anderes zu den Weihnachtsgeſchenken beſin-

nen, und wenn auch einmal Nichts daraus wird,
was hat das zu bedeuten, wenn nur Du froh bist,
wenn nur Du nicht so mißmuthig aussiehst!"

„Aber was für Bekümmernisse hast Du denn,
Bruder?" fuhr sie nach einer augenblicklichen Pause
fort, „und warum theilst Du uns nicht mit, was
Dich quält? Wir werden alle drei aufbieten, was
in unsern Kräften steht, um Dir Trost und Beistand
zu bringen."

„Jetzt, Elma, meine liebe Schwester, kann und
will ich nicht von den Bekümmernissen sprechen,
welche mein Herz bedrücken. Aber eines Tages soll
es geschehen. Sage nur, daß Du mir vergeben
hast, und ich werde wieder froh sein."

„Vergeben? Bester Eugen, ich bin Dir niemals
böse gewesen," erwiederte Elma lächelnd und setzte
sich wieder an ihren Rahmen. „Du hast schon Sorge
dafür getragen, daß ich Dir niemals böse werden
kann."

„Wirklich? Wie ist das zugegangen? Sage es
mir."

„Das lasse ich wohl bleiben, Freund. Ich bin
keine Plaudertasche; deßhalb schweige ich zu dem,
was ich weiß."

„Du schweigst? Nein, das vermagst Du nie.
In einigen Minuten sagst Du mir doch Alles."

„Ei sieh', jetzt fährst Du gar mit dem Arm
durch meine Gardine! Lieber Eugen, geh' Deines
Wegs, Du hinderst mich nur."

„Ja, wenn ich vorher weiß, warum Du mir
nicht böse werden kannst."

„Dann gehst Du?"

„Ganz gewiß."

„Nun, dann denke ich gar nicht daran, es Dir zu sagen, denn ich finde es sehr langweilig, wenn ich allein bin."

„Nun, so bleibe ich hier, und Du sagst mir, was ich wissen will."

„Wenn Du blos deßhalb bleiben willst, so kannst Du eben so gut auch gehen; ich glaubte, Du werdest mir zu lieb bleiben!"

„Elma, sei doch lieb und mach' schnell!"

„Ei, ich nähe ja, so fleißig als ich kann."

„Nein, nähe weniger und sage mir statt dessen, warum Du mir nicht böse werden kannst."

„Nun, ich will Dir Deinen Willen thun."

„Laß hören."

„Darum, weil Du ein verzogenes Kind bist. Verzogen von allen Deinen Schwestern, darum, mein Junge, kann ich Dir nicht böse werden. Wo kein Verstand vorhanden ist, da thut man Unrecht, sich über den Mangel daran zu ärgern; ist das nicht klar?"

Elma lachte, und dieß klang so frisch und herzlich, daß Eugen unwillkürlich einstimmen mußte.

III.

Gegen Abend in der Dämmerung waren alle drei Mädchen im Gesellschaftszimmer beisammen. Olga und Thekla hatten Debora und Nina beim Backen geholfen; jetzt war die Arbeit zu Ende und man wollte am Ofen Kaffee trinken und sich das

frisch gebackene Brod dazu schmecken lassen, sobald
Nina draußen in der Küche vollends fertig und Karl
von Warnäs, der jeden Abend bei Dunkelwerden
sich einfand, angekommen wäre.

Keines von den Mädchen wußte anders, als daß
Eugen längst Karl entgegen gegangen wäre. Sie
argwohnten nicht, daß er, in das Lesen von Zei-
tungen vertieft, auf dem Sopha im Schlafzimmer saß.

„Hört, Mädchen," sagte Elma, „ich habe Euch
keine sehr erfreuliche Mittheilung zu machen, aber
ihr müßt mir versprechen, darüber nicht ungehal-
ten zu werden, denn das Mißgeschick hat mich so gut
wie Euch getroffen."

„Nun, was ist es?" fragte Olga; „Du hast
doch nicht eine von den Gardinen zerrissen, mit
welchen wir alle drei so schrecklich viel Arbeit gehabt haben."

„Es ist doch kein Unglück mit Mama's Haube
geschehen, welche wir ihr auf Weihnachten zu geben
beabsichtigten?" rief Thekla.

„Nein, aber die Haube ist gar nicht gekauft worden, denn Eugen hat unsere Aufträge vergessen."

„Sie vergessen?" riefen Thekla und Olga aus
einem Munde.

„Ja, vergessen, als ob das etwas so Wunder-
bares wäre. Ihr müßt wissen, Eugen hat die letzten Tage viel Widerwärtigkeiten in Upsala gehabt
und ist darüber so bekümmert gewesen, daß ihm die
Lappalien aus dem Sinn gekommen sind."

„Was ist ihm denn geschehen?" fragte Thekla
eifrig. Olga schwieg.

„Ja, seht, das weiß ich nicht; es kann jedoch

sein, daß wir es später erfahren; aber jetzt sollt ihr
mir versprechen, kein einziges Wort des Vorwurfs
gegen ihn fallen zu lassen, sondern freundlich aus-
zusehen und es so einzurichten, daß wir ihn wieder
so munter, wie er früher war, bekommen. Daß er
einen Kummer auf dem Herzen hat, ist klar. Welchen, das ist mir unbekannt; aber das weiß ich, daß
ich seine trüben Gedanken zu zerstreuen versuchen
will und werde. Wie die Tante oft sagt, sind wir
Frauen nur dazu da, Frieden und Ruhe um uns
her zu verbreiten, die schweren Bürden zu erleichtern,
die Sorgen zu verscheuchen und den Kummer derer,
die davon befallen sind, zu mildern. Wenn ich an
die Gardinen-Rosetten und an die Haube der Tante
denke, ist mir allerdings so übel zu Muthe, daß ich
gleich weinen könnte: aber ich will mich aller Gedanken an die vereitelte Freude entschlagen und ihr
werdet es ebenso machen, nicht wahr?"

„Ja, Elma, das werde ich;" antwortete Thekla;
„aber recht verdrießlich ist es dennoch. Nun bekommt
Mama keine schöne Haube auf Weihnachten."

„Und keine hübschen Gardinen, weil die Zierathen
dazu fehlen," setzte Elma hinzu.

„Aber wir haben Möbelkattun da und überziehen
die Möbel und müssen uns eben damit zufrieden
geben," bemerkte Olga.

„Ja, leider! das ist auch das Einzige," fielen
Elma und Thekla ein.

„Wir dürfen morgen zeitig aufstehen, wenn wir
damit fertig werden wollen, denn übermorgen ist der
heilige Abend," meinte Olga.

Eugen, welcher das ganze Gespräch mitangehört

hatte, stand leise auf, schlich sich ganz still in die
Küche hinaus, wo nur Debora sich befand, und ging
von da aus über die Hausflur in das Gesellschaftszimmer, und somit blieb den Mädchen völlig unbekannt, daß er Zeuge ihrer Unterredung gewesen war.

Eine Weile hernach kam Karl und bald hinter
ihm trat auch Nina ein, gefolgt von Debora, welche
den Kaffee brachte. Es wurde Licht angezündet, und
man setzte sich um den gemüthlichen Kaffeetisch, auf
dessen schneeweißer Decke ein Korb mit dem verlockend-
sten Weißbrod sich darstellte.

Unter frohen und heitern Scherzen wurden die
Herrlichkeiten verzehrt. Eugen war seit seiner Ankunft daheim noch nie so aufgeräumt gewesen, wie
diesen Abend.

Als Karl sich verabschiedete, sagte Eugen:

„Ich beabsichtige heute Abend Dich nach Warnäs zu begleiten und auch morgen dort zu bleiben;
denn ich rechne auf Deine Gesellschaft nach Skogstorp."

„Was hast Du dort zu thun?" fragte Elma.

„Ich will Alm einen Besuch machen," lautete die
Antwort, worauf Eugen und Karl aufbrachen.

IV.

Am folgenden Tage gab es in der kleinen Be-
hausung viel Geschäftigkeit und Unruhe. Man war
allerdings nach Warnäs eingeladen, aber Nina feierte
den Weihnachtsabend erst daheim, ehe sie sich dorthin aufmachte.

Es hatte am Morgen dieses Tages noch nicht

brei Uhr geschlagen, als Jemand ganz vorsichtig an das Küchenfenster klopfte und eine wohlbekannte Stimme ganz leise rief:

„Debora, erwache; ich bin es, Eugen, laß mich ein!"

„Gott helfe mir, was treibt denn der Junge, daß er mitten in der kohlschwarzen Nacht daher kommt!" brummte Debora und warf schnell einige Kleidungsstücke über.

„Still, Debora, mach' keinen Lärm, sondern laß Peter von Warnäs mit den Sachen, die er hat, herein."

Debora schüttelte den Kopf, während Peter eine große Schachtel und einen Korb hereinbrachte und auf den Boden stellte.

Eugen zog Debora mit sich in die Küche, und nach einer kurzen Unterredung mit ihr war das Mißvergnügen, das sie einen Augenblick angewandelt hatte, verschwunden, und die Alte sah wieder ganz freundlich aus.

Das Resultat von dem Gespräch war, daß Debora sich völlig ankleidete, und hernach begann ein lebhaftes Treiben und Thun im Gesellschaftszimmer.

Als Alles daselbst nach Eugens Wunsch geordnet war, schlich sich Debora mit einer Schachtel in das Schlafzimmer und stellte sie, ohne Jemand zu wecken, vor Thekla's Bett. Auf dem Deckel stand: „Die vergessenen Aufträge auf Thekla's Rechnung." Dann trippelte sie mit Eugen nach dem obern Zimmer, stahl sich gleichfalls zu den Mädchen hinein und setzte einen großen Korb mitten auf den Boden, worauf sie sich in Eugens Zimmer begab.

Debora wollte ihn bestimmen, sich ein wenig zur Ruhe zu begeben; aber es war jetzt sechs Uhr und Eugen versicherte, daß er durchaus nicht schläfrig sei.

„Nun, dann soll Er wenigstens eine Tasse Kaffee haben," sagte sie und ging wieder hinab. Eine halbe Stunde später hatte er eine Platte vor sich und verzehrte mit gutem Appetit, was Debora auf derselben ihm vorgesetzt hatte.

„Nun will ich die Mädchen wecken; es ist bald Sieben und ich hätte sie eigentlich um sechs Uhr wecken sollen.

„Gut; aber laß Dir Nichts anmerken," sagte Eugen.

„Das versteht sich. Ich sage, ich sei verschlafen," antwortete Debora und ging.

Eugen hörte in dem Zimmer der Mädchen, welches sich Wand an Wand mit dem seinigen befand, Elma rufen:

„Was ist denn das für ein Korb, Debora?"

„Ich weiß es nicht. Darüber wird Sie wohl besser Aufschluß geben können.

„Olga, Olga, sieh hier! Sieh, was auf dem Deckel steht.

Olga näherte sich mit einem Licht in der Hand dem Korbe und hielt es über den Deckel, auf welchem ein Papierstreifen mit der Inschrift: „Eine gute Fee hat Eugens Vergeßlichkeit wieder gut machen wollen," befestigt war.

Im nächsten Augenblick war der Korb geöffnet, und es fanden sich darin sämmtliche Artikel, welche die Mädchen Eugen zu kaufen ersucht hatten.

„Begreifst Du das?" fragte Elma.

„Recht wohl. Eugen ist nicht in Skogstorp gewesen, sondern nach Malmköping gereist und hat
dieses dort gekauft.

„Unmöglich! Es sind ja sieben Meilen dorthin!"

„Man nimmt die Nacht zu Hülfe und dann geht
es schon."

„Ei seht doch," fiel Debora ein, „will eine von
Euch herabkommen und mir helfen; es ist ja Mamsell Olga's Woche."

„Ja, ich komme."

„Olga, Eins hat er doch vergessen!" rief Elma.

„Die Rosetten und vergoldeten Stangen zu den
Gardinen; ich habe es gleich bemerkt;" antwortete
Olga.

„Nun ja, wir wollen Nichts davon merken lassen.
Wir wollen jetzt gehen."

Elma ging mit hinunter. Sie wollte die Ueberzüge abnehmen, welche den neuen Zeug, mit dem
man Tags zuvor die Möbel geschmückt hatte, noch
verbargen, damit das Gesellschaftszimmer bis zu
Nina's Eintritt ganz fertig wäre.

„Denke Dir nur, wie lustig es gewesen wäre,
wenn man die Gardinen gleichfalls hätte aufhängen
können," sagte Elma im Hinuntergehen.

„Ja, dann wäre die Ueberraschung vollkommen
gewesen," erwiederte Olga und öffnete die Thüre
zum Gesellschaftszimmer, stieß aber einen Schrei des
Erstaunens aus, der von Elma wiederholt wurde
und figürlich sich in Thekla's Bild aussprach, welche
mit hängenden Armen und starren Augen mitten
im Zimmer stand.

Die Sache verhielt sich so: das Zimmer war

hell erleuchtet, ein Feuer brannte im Ofen, die aus-
gezeichnet schönen gehäckelten und gestrickten Gardinen mit den neuen vergoldeten Zierathen waren an
den Fenstern aufgehängt, alle Ueberzüge von den
Möbeln abgenommen, so daß sie in der neuen Be-
kleidung sich darstellten.

Die Freude der Mädchen war so groß, daß
sie eine Weile stumm dastanden. Plötzlich aber fühlte
sich Elma um den Leib gefaßt und Eugen walzte
mit ihr im Zimmer herum; die allgemeine Fröhlichkeit wurde so laut, daß Nina gegen die Tags zuvor getroffene Uebereinkunft, wornach sie nicht eher
im Zimmer erscheinen sollte, als bis sie von den
Mädchen hiezu Erlaubniß erhielte, die Thüre ihres
Schlafzimmers öffnete und eben sah, wie Eugen und
Elma in einem wilden Walzer durch das für sie
ganz neue Zimmer flogen.

Ihr Mütter, die ihr auf eine erfreuliche Weise
schon von Euren Kindern überrascht worden seid,
begreift, was Nina empfand, und für die, welche
dessen nicht fähig sind, verlohnt es sich der Mühe
nicht, eine Schilderung davon zu geben.

Wie glücklich fühlte sie sich nicht, diese Mutter,
im Kreise dieser Kinder, welche alle wetteiferten, derselben ihre Liebe zu bezeigen, und wie dankbar gegen Gott war sie nicht, als ihr Blick auf den Sohn
fiel und ihr der Gedanke kam, wie lang es erst her
war, daß sie mit Angst im Herzen sich nach Upsala
begeben hatte, um ihn womöglich von dem Wege
zurückzuführen, den er betreten, und der, wenn er
noch länger auf demselben wandelte, ihn zu dem

Abgrund von Laster und sittlicher Verderbniß geführt hätte.

Würden wohl so viele Jünglinge der Versuchung so völlig unterliegen, wenn sie, wie Eugen, eine solche Mutter gehabt hätten? — Wir glauben es nicht, denn es ist eine allgemein anerkannte Thatsache, daß beinahe alle ausgezeichneten Männer ausgezeichnete Mütter hatten, welche durch eine sorgfältige und kluge Erziehung ihren Kindern eine so hohe und religiöse Achtung gegen sie einflößten, daß der Gedanke an die Mutter eine Schutzwehr zwischen ihnen und der Versuchung bildete, und selbst wenn sie sich Fehler oder Verirrungen hatten zu Schulden kommen lassen, das Andenken an die Mutter der Talisman war, der sie wieder auf den Pfad des Rechtes leitete.

Wenn nun die Mutter einen so mächtigen Einfluß besitzt, wie ist es dann möglich, daß man so lang der Erziehung der Frauen so gar keine Aufmerksamkeit widmete? Sollte nicht auch der Staat gegen Erzieherinnen nach dieser Seite hin Pflichten haben?

V.

Weihnachten war vorüber und ein neues Jahr hatte das alte verdrängt. Eugen war in seinen Informatorposten zu Warnäs eingetreten, und Alles verlief wieder in seinem alten Gang zu Ackersberg.

Der Januar neigte sich zu Ende. Aber Eugen sollte für dieses Semester nicht nach Upsala zurückkehren, sondern zu Warnäs bleiben und erst mit dem

Herbste seine unterbrochenen Studien wieder aufnehmen.

Eines schönen Vormittags sah Olga, welche oben
in dem kleinen Gastzimmer saß und webte, den Kronvogt Warén in den Hof fahren; da sie jedoch gehört hatte, daß Nina ihn erwartete, so blieb sie am
Webstuhl, besonders da Elma die Haushaltungs-
woche hatte.

Elma war in voller Thätigkeit in der Küche und
bemerkte nicht, wie der erwartete Gast kam. Als sie
Alles in Ordnung gebracht hatte, ging sie in das
Schlafzimmer, um Nina zu fragen, zu welcher Stunde
des Tags Herr Warén eintreffen würde; aber zu
ihrem nicht geringen Erstaunen hörte sie Nina und
Herrn Warén bereits im Gesellschaftszimmer mit
einander sprechen.

Elma war gerade im Begriff, in die Küche zu-
rückzukehren, als folgende Worte sie an der Stelle,
wo sie eben stand, wie gefesselt hielten:

„Ehe wir, Madame, zu Ihren Affairen übergehen,
sprach der Kronvogt, „so gestatten Sie mir, von
Ihrem Herrn Sohn zu reden. Ich habe mit der
heutigen Post den unangenehmen Auftrag erhalten,
ihn wegen einer Schuldverschreibung von dreihundert
Reichsthalern sammt Zinsen, welche er einem Bürger
von Upsala ausgestellt hat, gerichtlich zu belangen.
Bevor ich Sie von diesem unangenehmen Auftrag
amtlich unterrichtete, wollte ich die Sache mit Ihnen
besprechen. Ich, der ich seit so vielen Jahren mit
Ihrem Vertrauen in Geschäftsangelegenheiten beehrt
worden bin, glaube auch jetzt Ihnen einen Ausweg,
wie dieser Noth abzuhelfen ist, andeuten zu können.

Bei meinem Besuche in Upsala habe ich mich ein wenig nach dem Stand von Eugens Affairen erkundigt, da man von mir über Ihre ökonomischen Verhältnisse Auskunft zu erhalten wünschte. Ich erfuhr da, daß Ihr Sohn sehr verschuldet ist, und zwar bei mehreren schlechten Leuten, in deren Händen die ausgestellten Schuldverschreibungen in Folge von Umsatz und Zinsen täglich zu einem höhern Betrage anwachsen. — Da derjenige, welcher ihn jetzt gerichtlich belangen will, der ärgste Wucherer ist, den ich kenne, so wollte ich Ihnen vorschlagen, den Schuldschein einzulösen. Er würde zwar ohne Zweifel die Klage gegen Eugen auch fallen lassen, wenn wir ihn umschrieben und die Summe erhöhten, aber auf diese Weise wäre Eugen außer Standes, sich herauszureißen,"

Elma hörte Nina mit sorgenvoller Stimme antworten:

„Sie wissen, meine Mittel sind von der Art, daß —"

„Daß Sie diese Summe nicht aufzutreiben vermögen, sondern, daß Sie im Gegentheil eine neue Hypothek auf Ihr Besitzthum aufnehmen müssen."

„Ja, ohne mich in Schulden zu stecken, wäre ich nicht im Stande, Eugen noch zwei Jahre auf der Universität zu erhalten."

„Hm, hm," murmelte Herr Warén und räusperte sich. „Ich kann nicht läugnen, daß — daß — ich sehr ärgerlich über den Satansjungen bin, der, wenn er so geblieben wäre, wie er anfing, schon seine Examina hinter sich haben könnte, wie es auch, sollte ich denken, seine Pflicht gewesen wäre."

„Wir sind alle jung gewesen, und —"

„Und es lohnt sich nicht der Mühe, weiter von dem zu reden, was sich nicht mehr ändern läßt, da haben Sie Recht. Aber wie sollen wir nun die Sache recht klug und verständig anstellen? — Der Junge, der Junge! . . . hm, hm!"

„Ich werde wohl genöthigt sein, die Schuldverschreibung einzulösen und ein größeres Anlehen auf Ackersberg, als ich ursprünglich im Sinn hatte, aufzunehmen," sagte Nina mit einem Seufzer.

„Ei, zum Teufel, das sollen Sie nicht thun! Ich bitte um Entschuldigung, das geht nicht an. Da habe ich einen andern Vorschlag, welcher darauf hinzielt, daß der gnädige Herr seine Thorheiten selbst bezahle."

„Für einen solchen Vorschlag wäre ich sehr dankbar," fiel Nina ein, „denn ich halte es für das Richtigste und Klügste, daß die jungen Leute die Folgen ihrer begangenen Fehler selbst fühlen müssen, sonst lernen sie in Zukunft niemals, sich vor denselben in Acht zu nehmen."

„Vortrefflich! Sie sind eine kluge Frau und durchaus keine solche Affenmutter, die von nichts Anderem weiß, als von Verzärteln und Liebkosen. Nun wohl, wenn Sie so verständige Ansichten hegen, so werden Sie schon noch mit der Sache zurechtkommen. Ich glaubte, Sie würden nicht so viel Muth haben, sondern eher sich zu jedem Opfer hergeben, nur um den Jungen nicht die Folgen seines Leichtsinns empfinden zu lassen."

„Ich habe nur ein Ziel — sein Wohl. Meine Vernunft sagt mir, daß dieses nicht gefördert werben könnte, wenn ich ihn vor den Widerwärtigkeiten zu bewahren suchte, die er sich selbst zugezogen hat."

„Und Ihnen gleichfalls; denn seine Thorheiten laufen barauf hinaus, Sie um tausend Reichsthaler ärmer zu machen; wir wollen jedoch offen und gerade von der Sache sprechen. Ich beabsichtige, die Schuldverschreibung einzulösen und durch den Inhaber auf mich übertragen zu lassen. Eugen kann mich dann allmälig bezahlen und kommt mit den gewöhnlichen Zinsen davon. Auf solche Art findet er zugleich Gelegenheit, zuerst die andern Gläubiger zu bezahlen, ehe die Reihe an mich kommt. Für ben Anfang braucht der junge Herr von dieser Operation gar nichts zu wissen, sondern ich mache die Sache mit dem Besitzer des Schuldscheins ab. Und Sie stehen durchaus in keiner Verbindlichkeit gegen mich, denn ich beabsichtige, meine Zinsen regelmäßig an mich zu ziehen, davon dürfen Sie überzeugt sein, und ob ich ihm oder Jemand anders mein Geld leihe, das ist einerlei. Sind Sie nicht derselben Meinung?"

„Ich bin der Meinung, daß Sie mir jetzt einen großen und unschätzbaren Dienst leisten," sprach Nina gerührt.

„Lirum larum! Ich handle nur wie ein alter Praktikus. Wir wollen über die Sache kein Wort weiter verlieren. Verlassen Sie sich auf mich, ich werde dem jungen Herrn schon warm machen und ihn zum Zahlen anhalten, denn in Geldsachen dulde ich keine Fahrlässigkeit."

„Nun wollen wir an Ihre eigenen Rechnungen gehen. Sie wollen ein Anlehen von tausend Reichs-

thalern gegen zweite Hypothek auf diesen kleinen
Vogelbauer hier aufnehmen?"

„Ja, wie Sie wissen, war ich vor zwei Jahren
gezwungen, zur ersten Hypothek zu schreiten."

„Ja wohl, Alles um des Jungen willen. Sie
haben dadurch von ihrem elend kleinen Einkommen
noch Zinsen zu bezahlen. Dazu kommt voriges Jahr
eine Mißernte für Sie, der Verlust von zwei Kühen
und —"

„Ich bin Ihnen hundert Reichsthaler schuldig
und habe kein Saatkorn für das Frühjahr."

„Was meine Schuld betrifft, so hat es damit
keine Eile."

„Allerdings hat es; ich will keine Schulden haben, denn fängt man einmal an, sich in solche zu
stecken, so ist man sicher verloren. Da ich die drauf-
gegangenen Kühe wieder ersetzen und mich außerdem
mit Saatkorn und drgl. mehr versehen muß, so habe
ich beschlossen, die wenigen Werthgegenstände, die ich
noch in Silber und Gold besitze, zu verkaufen. Dadurch bekomme ich ein kleines Kapital, welches mir
die Möglichkeit gewährt, die erlittenen Verluste zu
ersetzen, ohne mich in Schulden zu stecken. Wollten
Sie mir nun dazu behülflich sein, diese Sachen zu
verkaufen? Sie würden mir damit einen großen
Dienst erweisen."

Nun gab es einen Streit. Der Vogt wollte
Nina die Summe, deren sie bedurfte, leihen; aber
sie beharrte fest bei ihrem Entschluß.

„Dieses Geld, welches Sie mir leihen wollen,
muß wieder bezahlt werden," entgegnete Nina, „und
dazu sehe ich keinen Ausweg."

Obschon Warén noch einige Einwendungen machte, blieb Nina's Entschluß unerschütterlich, und er mußte am Ende ihr seine Beihülfe zusagen.

Als Nina aufstand und sich der Thüre näherte, eilte Elma in die Küche hinaus, die Augen voll Thränen und das Herz von Kummer überwältigt.

VI.

Mittag war vorüber. Thekla war von Warnäs heimgekehrt, und Elma war ihr und Olga hinauf in das Zimmer gefolgt. Als die Mädchen allein waren, rief Elma:

„Ach, Mädchen, das Herz will mir brechen, so weh ist mir.“

„Ja. Du hast schon bei Tisch so ausgesehen. Was fehlt Dir denn?“

„Wißt Ihr, warum der Vogt heute hier war?“

„Geschäfte halber,“ antwortete Olga ruhig.

„Geschäfte, ja, das ist ein Wort, aber was für Geschäfte? Sag' an, wenn Du kannst.“

Elma warf sich auf einen Stuhl und bedeckte das Gesicht mit den Händen.

„Mama will Geld auf Ackersberg aufnehmen,“ bemerkte Thekla ruhig; „das ist gewiß kläglich, aber —“

„Aber eine Lappalie gegen alles Andere. Die Tante beabsichtigt, all ihr Silberzeug zu verkaufen; aber dieß ist noch nichts gegen, gegen —“

„Was?“ riefen die beiden Mädchen.

„Gegen das, daß sie auch ihre Schmucksachen

verkaufen will," rief Elma laut weinend und setzte unter Schluchzen hinzu: „Ich stand da und schaute durch die Thürspalte, als sie dieselben herausnahm, und dabei rieselte eine Thräne nach der andern ihr über die Wangen, besonders als sie die kostbare Einfassung von ihres Vaters Portrait abnahm. — Ach, Olga, warum können wir ihr nicht helfen?"

„Mama will also ihren Schmuck und ihr Silber verkaufen?" rief Thekla, „und warum denn?"

„Darum, weil Eugen bei Trinkgelagen und dergleichen das Geld verpraßt hat," wäre die richtige Antwort gewesen, aber Elma äußerte Nichts der Art, sondern bemerkte nur ausweichend:

„Weil wir Mißwachs gehabt haben."

Nun folgte eine lange Berathung, ohne ein weiteres Resultat, als daß Elma einen Plan nach dem andern aufbrachte. Thekla saß still da und weinte. Olga machte nicht viel Worte, aber man sah ihr an, daß sie sich überlegte, was zu thun wäre.

Am folgenden Morgen hatten sie und Elma einen Entschluß gefaßt. Als Thekla sich nach Warnäs begeben wollte, sagte Elma, sie habe gleichfalls daselbst Etwas mit Muhme Greta abzumachen.

In Warnäs hatte Elma eine lange Unterredung mit dem Kapitän, und als sie wieder nach Hause zurückkehrte, strahlte jeder Zug von Freude und Zufriedenheit.

Beim Mittagstisch sagte Elma:

„Weißt Du, Tante, was wir, Thekla und ich, beschlossen haben?"

„Nein, Mädchen, das weiß ich ganz und gar nicht."

„Wir haben beschlossen, uns, jedes einzelne, einen kleinen Verdienst zu verschaffen. Thekla wird mit des Kronvogts Mädchen, welche zweimal in der Woche hieher kommen, wenn Du es erlaubst, Klavier spielen, und dann will sie weiter Nachmittags den Kindern des Müllers Unterricht geben, denn Frau Eklund hat durch Muhme Greta anfragen lassen, ob wir nicht, wenn ihre Mädchen hieher kämen, geneigt wären, dieselben gegen Bezahlung im Lesen und Nähen zu unterweisen. Was sagst Du dazu?"

„Ich fürchte nur, Thekla selbst kann noch allzu wenig, um bei Anderen die Lehrerin zu machen."

„Ah, ich werde mich bestreben, mein Möglichstes zu thun," antwortete Thekla, „und da es in Zukunft doch wohl so weit kommen wird, daß ich zu dem Lehrberuf als Mittel zu meinem Unterhalt greifen muß, so kann ich es jetzt schon versuchen. Die Mädchen des Kronvogts haben noch nie gespielt, und die von Eklund kennen kaum das ABC."

„Wenn Du Dir zutraust, mit Ehren als Lehrerin auftreten zu können, so sehe ich das gern; aber zu Anfang will ich wenigstens gegenwärtig sein, um zu hören, ob Du wirklich Unterricht zu geben im Stande bist."

„Also, liebe Tante, die Sache ist abgemacht. Jetzt noch mein Plan. Es wäre mein Tod, wenn mir das Schicksal beschiede, dazusitzen und den Kindern anderer Leute Kenntnisse einzupfropfen, und ich bekäme die Lungensucht, wenn ich Näherin werden müßte; auch zu einer Köchin verspüre ich keine Lust in mir. Also muß ich für mein Auskommen auf etwas Anderes sinnen."

„Dein Auskommen, Kind, ist wohl für immer gesichert."

„Ganz und gar nicht; denn dreihundert Reichsthaler jährlich ist eine sehr kleine Summe, und gleichwohl hast Du dafür uns Kleidung, Kost und Unterricht gegeben. Arme Tante! Du bist bei dem Geschäft nicht reich geworden! — Nun will ich aber mich selbst kleiden, und deßhalb beabsichtige ich, bei dem alten Küster die Buchbinderei zu erlernen, da er sie selbst nicht mehr zu betreiben vermag, und außerdem gedenke ich durch den Kronvogt Manches zum Abschreiben zu bekommen. Du sollst sehen, was für ein kleines arbeitsames Ding Deine Elma wird."

„Das bist Du stets gewesen, mein liebes Kind," antwortete Nina lächelnd, „und da, wie es scheint, ein allgemeines Uebereinkommen getroffen worden ist, daß ein Jedes sich durch Arbeit ein Einkommen suche, so nehme ich mir vor, mich auf die Kunstweberei zu werfen und Damasttischzeug u. dergl. zu fertigen."

„Mama, Mama!" rief Thekla und sprang auf die Mutter zu.

„Wie, mein Mädchen, ich glaube, Du weinst? Hältst Du Arbeit für eine Schande?"

„Nein, aber Du hast Dein Leben lang gearbeitet und für uns Dich angestrengt, Du solltest jetzt dessen überhoben sein."

„Thekla, für Euch zu arbeiten ist mein Glück, gerade wie es eines Tags, wenn ich zu höhern Jahren komme, für Euch ein Glück sein wird, mir ein ruhiges und sorgenfreies Alter zu bereiten."

.

VII.

Während die Bewohner von Ackersberg mit einander wetteiferten, den Beweis zu liefern, wie sehr sie sich gegenseitig lieben, hatten sich in Warnäs Dinge zugetragen, welche für die aus ihrer dumpfen Schläfrigkeit erweckte Majorin nichts weniger als angenehm waren.

Die gemächliche Mutter, welche Alles gethan zu haben glaubte, was sie schuldig wäre, wenn sie ihren Kindern Lehrer verschaffte, war plötzlich aus ihren Illusionen, zuerst durch den Kapitän geweckt worden, welcher in scharfen Worten ihr Svante's Leben und Ausschweifungen in Upsala vorhielt.

Die Majorin konnte indessen unmöglich begreifen, wie sie irgend daran betheiligt sein könnte, sondern meinte, dieß sei Etwas, wofür sie keine Rechenschaft zu geben hätte.

Svante hatte ja dieselben Lehrer wie Karl gehabt, und da Karl ein braver Mann wurde, so hätte Svante es ebenso werden können.

Somit gelang es der Majorin, sich zu überzeugen, daß ihr Bruder Unrecht hatte.

Aber aus diesem glücklichen Irrthum wurde sie durch eine schreckliche Entdeckung geweckt, nämlich daß ihre älteste Tochter Karolina sich in den jungen schönen Inspektor, allerdings einen braven und thätigen Mann, aber einen Schneiderssohn verliebt hatte, und die Majorin nun die schmerzliche Demüthigung erfuhr, mit den plebejischen Angehörigen des Inspektors in ein verwandtschaftliches Verhältniß treten zu müſſen. Es blieb ihr jedoch keine andere Wahl, als Karolinens Verheirathung ſo ſchnell als möglich geſchehen zu laſſen, worauf die jungen Eheleute aus dem Ort wegzogen und ſich auf einem kleinen Gut im ſüdlichen Schweden niederließen, das der Kapitän ihnen gekauft hatte, um der Schande zu entgehen, welche deren Verbindung über die Familie gebracht haben würde.

Dieſes Ereigniß bewies der Majorin ſonnenklar, daß ſie auf unverantwortliche Weiſe ihre Kinder vernachläßigt hatte, und daß das Unglück, welches ſie in Svante und Karolina getroffen, eine Folge der Gleichgültigkeit und Gemächlichkeit war, die in ihrer Gemüthsart lag und ſie beſtimmt hatte, ihre Kinder aus Scheu vor jeder Beſchwerde mit ihnen, ganz und gar fremden Händen zu überlaſſen.

Der verwundete Hochmuth weckte ſie aus ihrem trägen Schlummer, in welchem ihr Leben verfloſſen war, und ſie grämte ſich bitter bei dem Gedanken, daß der eine ihrer Söhne gemeiner Matroſe und die ſchöne Karolina eines Schneiders Schwiegertochter werden ſollte.

Die bittern und ſcharfen Bemerkungen des Kapitäns waren auch nicht dazu geeignet, die peinlichen Gefühle zu milbern, welche dieſe Demüthigung hervorrief, und das zweideutige Geflüſter und die Anſpielungen der Nachbarn waren unaufhörliche Stiche, welche ſchmerzhafte Spuren zurückließen.

VIII.

Der Sommer mit seinen Blumen und seinem strahlenden Sonnenschein, seinen grünenden Auen und Gesängen der Vögel war nach dem Winter und Frühling eingetreten.

Auf Ackersberg traf man jetzt die eifrigsten Vorbereitungen zu Olga's Hochzeit, welche am Vorabend des Johannistags gefeiert werden sollte.

Lächelnd und ruhig brach dieser Tag an. Draußen im Hofe saßen Elma und Thekla in voller Thätigkeit und flochten Kränze und Kronen, während die, junge Braut mit leisem Schritt sich in Nina's Schlafzimmer schlich und auf ihren Schreibtisch ein Kästchen mit folgender Inschrift stellte:

„Empfange von dem Kinde, welches Du gepflegt hast und welchem Du die zärtlichste und liebevollste Mutter gewesen bist, diesen schwachen Beweis seiner unauslöschlichen Dankbarkeit."

Eine Weile hernach trat Nina in das Schlafzimmer und entdeckte sogleich das Kästchen. Etwas erstaunt nahm sie das Tuch, welches darüber lag, hinweg und las die wenigen, aber ausdrucksvollen Worte.

„Olga," dachte sie und lächelte. Ohne zu ahnen, was das Kästchen verbergen möchte, wunderte sie sich über das Gewicht desselben. Sie drehte den kleinen Schlüssel, und als das Schloß aufging, bedeckte eine glühende Röthe ihre Wangen, und unwillkürlich stieg aus ihrer Brust ein Ausruf der

Ueberraschung auf, denn sie erblickte das verkaufte Silberzeug sammt den Schmucksachen.

Einige Augenblicke darauf wurde die Thüre zu Olga's Zimmer geöffnet, und Nina trat bei der jungen Braut ein.

„Kind, wie kann ich Dir danken, wie Deine Handlungsweise mir erklären?" flüsterte Nina und legte ihren Arm um den Hals der Pflegetochter.

„Ach, Mutter, denn das bist Du mir gewesen, was ist dieses gegen die Schuld, in welcher ich ewig bei dir stehe, Du gute, Du edle, Du zärtliche Mutter!"

Eine Weile schwiegen beide; darauf erzählte Olga, daß Elma den Kapitän gebeten hatte, Alles zusammen von dem Kronvogt zu kaufen, und daß Olga, sobald Karl sein kleines Erbe eingethan, es von dem Kapitän einzulösen bedacht gewesen war. Er hatte Olga die gekauften Werthgegenstände schenken wollen, aber diese war unter keiner Bedingung darauf eingegangen, sondern darauf bestanden, ihm das ausgelegte Geld zu bezahlen. Der Kapitän hatte ihr dagegen zum Brautgeschenk eine kostbare Garnitur verehrt.

IX.

Anderthalb Jahre waren vergangen, und der Herbst hatte sich wieder eingestellt und Blumen und Blätter von der Erde hinweggeblasen. Das gelbe Laub, das graue Feld, Alles sprach von der Vergänglichkeit des Sommers.

In Adersberg stand Alles auf dem gleichen
Fuße wie sonst; man arbeitete mit Eifer und frohem
Muth, denn ein jedes hatte ein Ziel für sein Streben, und eine heitere Hoffnung lächelte ihnen aus
ihrer Arbeit entgegen.

Auf Warnäs war es leer und still. Die Majorin, ihre jüngste Tochter Agnes und ihre kleine
Nichte Sally waren allein daselbst. Eugen und des
Kapitäns Neffe, der junge Edwin, waren nach Upsala abgegangen, und der Kapitän von seiner vor
anderthalb Jahren unternommenen Reise nach Eng-
land noch nicht zurückgekehrt. Svante befand sich auf
seiner ersten Seefahrt, und man erwartete ihn nicht
vor dem nächsten Jahr.

Die Majorin, welche, wie bereits erwähnt, durch
den Vorfall mit Karolina aus ihrem phlegmatischen
Schlummer aufgerissen worden war, um recht tief
zu empfinden, daß auch Svante in Folge der ihm
abgehenden Erziehung sein Leben und seine reichen
Anlagen vergeudet hatte, war, obwohl zu spät, zu
der Erkenntniß gekommen, daß sie ihre Pflichten ver-
säumt hatte, und suchte nun durch zärtliche Umsicht
und wahre mütterliche Liebe in Bezug auf Agnes
und ihre Nichte das, was sie bei den andern verschuldet hatte, wieder gut zu machen.

Sie zeigte sich so aufmerksam auf diese beiden,
als es ihr nur möglich war, denn ihre Bequemlich-
keitsliebe meldete sich trotz aller guten Vorsätze immer wieder an, und so viel sie sich auch Mühe gab,
konnte sie niemals sich vollkommen von derselben
losreißen. Wir müssen jedoch zugeben, daß sie nach

beftem Vermögen auf ihr Ziel hinarbeitete, wenn es
ihr auch nicht immer damit gelingen mochte.

Thekla zählte jetzt siebzehn Jahre und war im
Sommer confirmirt worden. Ihre Geistesgaben waren ungewöhnlicher Art, und ihr Verstand ging weit
über ihr Alter. Die Majorin hatte, da die Gouvernante im Herbst abzog, Thekla vorgeschlagen, den
Unterricht bei Sally zu übernehmen. Beide, Nina
und Thekla, gingen auf den Vorschlag ein. Jeden
Morgen ließ nun die Majorin Thekla nach Warnäs
holen, und diese widmete jeden Vormittag dem Un-
terrichte Sally's. Am Nachmittag fuhr sie wieder
heim nach Ackersberg.

An einem klaren und kalten Novembertag, als
Thekla wie gewöhnlich zu Warnäs anlangte und in
das Gemach im Erdgeschoß trat, wo sie und Sally
zu arbeiten pflegten, hörte sie zwei Stimmen im Gesellschaftszimmer. Der Ton der einen bestimmte sie,
stehen zu bleiben.

„Liebe Lina," lautete die Stimme, „wie kannst
Du so thöricht sein und glauben, daß der Unterricht der kleinen Thekla für Sally von einigem Nutzen
sei? Selbst ein Kind, ist es derselben unmöglich, ihren Platz als Lehrerin auszufüllen, und obendrein
hast Du Herrn Meyer ziehen lassen und keinen andern Musiklehrer statt seiner angenommen, sondern
Alles diesem Kinde überlassen. Ich gönne dem
Mädchen von ganzem Herzen den kleinen Verdienst,
aber ich habe gegen meines Bruders Kinder Vater-
pflichten übernommen, und diese Pflichten verbieten
mir, die Erziehung des Mädchens einem Kinde zu
überlassen, welches selbst noch der Erziehung bedarf.

„Der Kapitän," murmelte Thekla und blieb unbeweglich mitten in dem Gemach stehen.

Die Majorin gab mit ihrer ruhigen und gleichmäßigen Stimme zur Antwort:

„Du urtheilst vorschnell, Eduard, wenn Du Thekla für ein Kind hältst. Den Jahren nach ist sie es, aber nicht in Bezug auf ihre Geistesanlagen. Wohne einer Lection an und urtheile hernach. Thekla ist ein Mädchen von so großer Begabung, daß man ihr mit Erstaunen zuhört, und ich habe, nach meinem besten Wissen und Gewissen, Sally keinen bessern Händen anvertrauen zu können geglaubt. Was die Musik anbelangt, so hast Du Thekla niemals gehört und kannst also auch ihr Talent nicht beurtheilen. Hättest Du Dich nicht eigensinniger Weise geweigert, Dir Etwas von ihr vorspielen zu lassen, so müßtest Du jetzt, daß sie schon vor Deiner Abreise es sehr weit gebracht hatte, und daß sie während Deiner Abwesenheit nicht zurückgekommen ist, versteht sich von selbst, besonders da sie während des Frühjahrs mit mir in Stockholm war und dort Lectionen von Herrn *** erhielt.

„Wie viele Lectionen waren es denn?"

Diese Frage wurde, wie es vorkam, in geringschätzigem Tone gestellt.

„Wir waren drei Wochen in der Hauptstadt und Thekla spielte alle ander Tage eine Stunde."

„Neun Stunden also. In einem solchen Zeitraum kann man es schon zur Vollendung bringen."

„Wenigstens ist sie solchen Lectionen, wie Sally bedarf, vollkommen gewachsen. Noch einmal, lieber Eduard, zuerst höre und dann table."

„Das will ich auch; aber im Allgemeinen habe ich wenig Vertrauen zu Frauenunterricht; denn er ist immer mangelhaft."

Ehe Thekla sich zurückziehen, oder eine Bewegung machen konnte, stand der Kapitän vor ihr; so plötzlich war er in das Zimmer getreten. Ebenso überrascht wie Thekla war, als sie sich auf einmal ihm gegenüber sah, ebenso sehr schien er durch ihren Anblick in Erstaunen versetzt zu werden.

Er blieb eine Minute stehen und betrachtete sie mit Verwunderung; hernach trat er auf sie zu und sprach:

„Wahrhaftig, Thekla, mit Ihnen ist eine solche Veränderung vorgegangen, daß ich Sie nur schwer wieder erkannt habe."

Damit ergriff er des jungen Mädchens Hand und setzte mit einem väterlichen Lächeln hinzu:

„Ich fürchte, wenn Sie eben meine Aeußerungen gegen meine Schwester gehört haben, so werden Sie Ihren früheren Lehrer in der englischen Sprache nicht eben mit freundlichen Gefühlen wiedersehen."

Thekla erröthete leicht, legte aber in ihre Antwort eine gewisse Würde, welche mit ihren siebzehn Jahren nicht recht harmonirte.

„Meinen früheren Lehrer zu sehen, macht mir jeder Zeit Freude, auch wenn er mich für ein Kind hält."

„Was Sie im Vergleich mit ihm auch sind," erwiderte Eduard, indem er ihre Hand noch immer in der seinigen behielt und das junge Mädchen mit unverstellter Bewunderung betrachtete.

So wie alle Mädchen, welche eben aus den Kinberjahren getreten sind, wollte Thekla nicht gern von sich als einem Kinde reden hören; und vielleicht noch weniger, als andere, weil bei ihr längst der Verstand den Jahren vorausgeeilt war. Sie betrachtete darum auch Eduard mit etwas mißvergnügtem Blick. Ohne ein Wort zu sagen, entzog sie ihm ihre Hand, als ob sie mit dieser Berührung andeuten wollte, wie sie es nicht in der Ordnung fände, daß er sie so lang in der seinigen behielte.

„Wie befinden sich Mama und die Geschwister?" fragte Eduard mit seiner freundlichen Stimme.

„Sie sind alle wohl und sehen gewiß mit Freuden den Herrn — Kap —." Thekla erröthete und schlug die Augen nieder. Das Wort „Onkel" wollte noch ebenso wenig, wie ehedem, über ihre Lippen gehen.

„Wen?" fragte der Kapitän mit einem Blick, welcher deutlich zu erkennen gab, daß ihm Thekla's Verlegenheit einigen Spaß machte.

„Den Herrn Kapitän," antwortete Thekla, durch seinen fast spöttischen Blick gereizt.

„Ei, ei, ich muß mich wohl unverzeihlich versündigt haben, da ich mich nicht mehr zur Verwandtschaft rechnen darf," bemerkte er lächelnd.

Zu großer Erleichterung für Thekla ging jetzt die Thüre auf und Agnes trat in Begleitung von Sally ein. Beide sprangen auf den Kapitän zu, welcher mit Liebkosungen völlig bestürmt wurde. Er war Abends zuvor angekommen, nachdem sie sich schon zur Ruhe begeben hatten, so daß sie ihn erst jetzt zu Gesicht bekamen. Die Lectionen wurden für die-Tag eingestellt, und statt dessen schickte die Majorin Botschaft an Nina und ließ sie nebst Elma nach Warnäs einladen.

„Ich soll Grüße von Eugen ausrichten," sagte der Kapitän zu Elma.   „Ich habe ihn zu Upsala getroffen."

„Da haben Sie, Onkel, gewiß einen Brief von ihm," rief Elma lebhaft.

„Und warum gewiß?"

„Weil es nicht anders sein kann."

„Aber wenn ich nun keinen habe?"

„Dann kündige ich Eugen alle Freundschaft auf."

„Das wäre recht streng."

„Ganz und gar nicht; denn ich schreibe stets an ihn, wenn ein Bote nach Upsala geht."

„Oefter nicht?"

„Ei, bewahre! Einmal in der Woche. Aber wo haben Sie den Brief, Onkel?"

„Ich habe keinen Brief."

„Sie treiben nur Ihren Scherz mit mir," entgegnete Elma und fühlte, daß sie vor Ungeduld erröthete.

Der Kapitän lachte und versicherte beharrlich, daß er keinen Brief habe.

„Nun, aber an die Tante?"

„Ja, aber der ist nicht an Elma."

„O, dann liegt in dem der Tante schon einer an mich," rief Elma und sprang auf Nina zu, um ihren Brief in Empfang zu nehmen. Aber Nina hatte keinen.

Die frohe Miene verschwand augenblicklich, und es stand zu befürchten, daß Thränen an die Stelle des Lächelns treten wollten, wenn der Kapitän ihr

4 *

nicht in diesem Augenblick ein kleines Paket gereicht
hätte.

„Ein Paket ist kein Brief," sagte er. „Du hast
nach einem Brief gefragt, Elma, und ich hatte blos
dieses."

Das Paket enthielt einige Kleinigkeiten für die
Mädchen, sammt Briefen an sie Alle.

Am Nachmittag kamen der Propst und der Ba-
ron H. von Skalbo mit ihren Familien, um den
Kapitän zu begrüßen.

Als man Kaffee getrunken hatte, wandte sich der
Kapitän an Thekla mit den Worten:

„Wollen Sie mir eine Freude machen, Thekla?"

„Wenn ich kann."

„Spielen Sie mir Etwas."

Ohne ein Wort zu erwidern, stand Thekla auf
und trat an das Piano.

Eduard folgte ihr.

„Sie scheint viel Selbstvertrauen zu besitzen,"
dachte er.

„Was soll ich spielen?" fragte sie.

„Sie erlauben mir also, selbst zu wählen?"

„Natürlich."

„Aber wenn ich Etwas wähle, das Sie nicht
können?"

Warum Eduard sich gegen Thekla des Wortes
S i e bediente, während er Elma mit Du anredete
und dieß auch früher stets bei Thekla gethan hatte,
wußte er selbst nicht. Aber Thekla achtete nicht
darauf.

„So werde ich wenigstens einen Versuch damit
machen, und wenn ich schlecht spiele, so rechne ich

auf die Nachsicht dessen, welcher die Wahl getroffen hat."

„Gut."

Der Kapitän blätterte nun in den Noten, fand aber Nichts, das ihm gefiel, und sagte sofort:

„Ich habe einige neue Musikalien mitgebracht; wollen Sie es nicht mit einem Stücke darunter versuchen ?"

„Ja wohl; aber machen Sie keine Ansprüche darauf, daß ich fehlerfrei spiele," antwortete Thekla mit einer Sicherheit, die ihr sonst fremd war, da sie immer die Erste war, welche ihre eigenen Fähigkeiten in Zweifel zog.

Eduard entfernte sich und erschien sogleich wieder mit neuen Notenheften.

„Spielen Sie das einmal," sagte er und schlug ein Stück um, welches den Titel „Souvenir d'Espagne" führte. Während er das Heft ihr überreichte, lächelte er mit einer Miene, welche gewissermaßen sagen wollte:

„Mein Kind, Du würdest am Klügsten thun, aufrichtig einzugestehen, daß Du das nicht spielen kannst."

Aber eben diese Miene schien Thekla zu reizen. Das junge Mädchen, sonst nicht anspruchsvoll und ebenso wenig darauf ausgehend, mit seinen Talenten glänzen zu wollen, war jetzt in eine ganz eigenthümliche Gemüthsstimmung gerathen. Es verdroß sie, daß Eduard, der schon von ihrer Kindheit an einen entschiedenen Widerwillen gegen sie empfunden hatte, mit so großer Geringschätzung von Frauen-

unterricht reden und sie als Lehrerin Sally's ganz
verwerfen sollte.

Warum ärgerte sich Thekla darüber? — Hätte
sie Jemand anders sich so wie Eduard äußern hören, sie würde sich darüber betrübt und selbst ihre
Fähigkeit zu bezweifeln angefangen haben; aber die
Worte des Kapitäns kamen ihr ungerecht vor, nicht
blos gegen sie, sondern auch gegen die Erziehung,
die sie erhalten hatte.

Sie ergriff daher das Notenheft, ohne ein Wort
zu sagen, und legte es auf das Pult.

„Sie wollen also diese Nummer spielen?" fragte
Eduard, indem er sie lächelnd ansah.

„Ja," erwiederte sie.

Thekla's eine Hand ruhte auf dem Instrument,
und ihr Auge heftete sich eine Sekunde mit einem
beinahe herausfordernden Blick auf den Kapitän.
Ohne eine Miene zu verziehen, schob ihr der Kapitän einen Stuhl hin.

Thekla setzte sich und ließ eine kleine Weile präludirend die Finger über die Tasten laufen. Das
junge Mädchen war sehr bleich geworden, und in
dem Momente, da sie die Augen auf die Noten
warf, ging ein eigenthümliches nervöses Beben durch
ihren ganzen Körper. Jetzt erst erinnerte sie sich,
daß der Saal daneben voll von Fremden war, daß
diese kommen würden, ihr zuzuhören, daß sie sich
bloßstellte, wenn sie schlecht spielte, und für ihre
Keckheit Spott zu erwarten hatte. Und dieß Alles
mit Recht.

Diese Gedanken flogen ihr mit Blitzesschnelle
durch den Kopf; der alte Mangel an Selbstvertrauen

stellte sich mit verdoppelter Stärke wieder ein. Sie fühlte ein unüberwindliches Verlangen, von dem Instrument aufzustehen und zu erklären, daß sie die vorgelegte Piece nicht spielen könnte.

Eduard, welcher sie fixirte und ihr Erbleichen und das Zittern, welches durch ihre Glieder lief, gewahrte, bückte sich zu ihr nieder und flüsterte:

„Mein Kind, nehmen Sie etwas Anderes, das Sie schon früher gespielt haben."

Thekla fuhr auf, als hätte man sie mit einem glühenden Eisen berührt. Anstatt eine Antwort zu geben, sah sie zu ihm auf und begann darauf mit farblosen Wangen das vor ihr liegende Stück zu spielen. Als sie einmal angefangen hatte, war alle Furcht hinweg, da jeder Gedanke an etwas Anderes, als die Musik in den Hintergrund trat.

Thekla gehörte zu jenen seltenen Naturen, welche mit ganzer Seele das, was sie einmal vorgenommen haben, umfassen, und sie nahm niemals Etwas vor, wofür sie nicht Interesse fühlte. Was die Musik insbesondere betraf, so konnte man sagen, daß sie einen Theil ihrer Seele ausmachte. Sie liebte dieselbe mit der ganzen Gluth ihres warmen, reichen Herzens. Bei dem Anschlag der melodischen Töne war die äußere Welt rings um sie her sammt der Furcht eines Mißlingens verschwunden.

Sie spielte, spielte, vergaß Eduard, vergaß ihren Unmuth und Alles, außer den Tönen, welche sie dem Instrument entlockte.

An die Ecke desselben gelehnt, hörte Eduard zu, und der scharfe, ironische Ausdruck, welcher gewöhnlich auf seinem Angesicht weilte, machte einer sichtbaren Ueberraschung Platz. Sein Blick ruhte auf Thekla mit einem so milden und väterlichen Ausdruck, daß dadurch die an und für sich schönen Züge gleichsam erhellt wurden und in noch schönerem Lichte sich darstellten.

Als Thekla zu Ende war und erröthend aufstand, sagte er mit leiser Stimme:

„Ich danke Ihnen. Sie haben die Prüfung siegreich bestanden."

Aller Verdruß war nun aus Thekla's Seele wie hinweggeblasen. Der milde Ton hatte das bittere Gefühl vertilgt, wovon sie zuvor ergriffen gewesen, und da stand sie nun so demüthig und so anspruchslos, beinahe reuevoll über den Ausbruch von Trotz, der sie den ganzen Tag beherrscht hatte.

„Danken Sie mir nicht," sagte sie; „ich verdiene keinen Dank. Ich spielte nicht, wie ich weiß, daß daß Stück gespielt werden soll, und selbst wenn ich noch so gut gespielt hätte, so setzte ich mich in so unfreundlicher Stimmung an das Instrument, daß ich wahrhafte Reue darüber empfinde."

Eduard lächelte ihr freundlich zu und antwortete:

„Bereuen Sie nicht, daß Ihr Verdienst mir den Genuß verschaffte, Sie spielen zu hören."

Den ganzen Abend sprach Eduard nicht mehr mit Thekla. Sie dagegen war nachdenklicher als sonst, und oft flog ihr Blick nach der Richtung hin, wo er stand, aber da sie jederzeit dem seinigen begegnete, so nahm sie sich am Ende vor, gar nicht mehr hinzusehen.

X.

Am folgenden Tag, als Thekla die Lection mit der kleinen Sally begonnen hatte, wurde die Thüre geöffnet und Eduard trat ein.

Thekla stand erröthend auf. Es lag etwas eigenthümlich Verwirrendes in dem Gefühl, womit sie ihn nach dem gestrigen Auftritt wieder sah. Dieser Eindruck war ihr um so fühlbarer, da Eduards Angesicht nun den gewöhnlichen strengen und ernsten Charakter trug.

„Laſſen Sie ſich nicht stören," sprach er und verbeugte ſich ein wenig, um ſie zu begrüßen. „Ich wünſche nur der Lection anzuwohnen, im Fall Sie Nichts dagegen haben."

Ohne eine Antwort abzuwarten, zog er einen Stuhl an den Tiſch und ſetzte ſich Thekla gegenüber, welche, als ſie ihn Platz nehmen sah, eine Antwort nicht für nöthig erachtete, ſondern mit ſcheinbarer Ruhe die Lection fortſetzte. Für einen so erfahrnen Beobachter, wie Eduard, war es ein Leichtes, alle die Unruhe, welche unter der äußern Oberfläche verborgen lag, zu entdecken.

Thekla erklärte ſpäterhin wiederholt, es ſei ihr niemals in ihrem Leben banger ums Herz geweſen, und sie habe niemals größeres Mißtrauen und unbedingteren Zweifel an ihre eigenen Fähigkeiten, als bei dieſer Gelegenheit empfunden.

Sie hätte weinen können, so niedergeschlagen war ſie, und dennoch bewahrte ſie noch Geiſtesgegenwart genug, um mit äußerer Ruhe und in vollkommener Ordnung den Unterricht fortzusetzen.

Eduard sprach die ganze Zeit nicht ein Wort; aber als die Lection zu Ende war und Thekla aufstand, näherte er sich ihr und sagte mit einer gewissen Milde in der Stimme:

„Sie sind wirklich eine gute Lehrerin, Thekla, und haben eine erstaunliche Klarheit in Ihrer Darstellung. Sally darf sich Glück wünschen, und ich habe Unrecht gehabt, meiner Schwester Wahl zu tadeln. Vergeben Sie mir mein übereiltes Urtheil! Man gewöhnt sich schwer daran, Personen, die man als Kinder gekannt hat, mit der Zeit groß und verständig geworden wieder zu finden. Als meine Schwester von Ihnen als der Lehrerin meiner Nichte redete, sah ich die kleine Thekla, welche ich im Englischen unterrichtet hatte, und nicht eine erwachsene „Dame" vor mir."

Das letzte Wort wurde mit einer gewissen Ironie gesprochen.

„Dame? Dieses Wort war —"

Thekla stockte.

„Was?"

„Ein Spott."

„Thekla, Sie sind sehr empfindlich. Gestern war ich in Ungnade, daß ich Sie als ein Kind ansah, und heute werden Sie mir böse, daß ich Sie eine Dame nenne."

„Wenn dem so ist," antwortete Thekla, „so kommt es daher, daß das Beiwort Kind zu wenig, und das Beiwort Dame zu viel ist."

„Dann wird es mir wohl sehr schwer werden, ein passendes zu finden.“

„Thekla‘ schlechtweg ist das Beste. Uebrigens ist es ganz und gar gleichgültig, wie — wie — ich benannt werde, wenn ich nur weiß, daß Sally’s Oheim mit mir als deren Lehrerin zufrieden ist.“

„Wenn ich alle Lectionen nach dieser beurtheilen darf, so bin ich es vollkommen.“

„Ich danke Ihnen!“ flüsterte Thekla schüchtern und reichte ihm erröthend die Hand.

Kurz hernach begann Thekla mit mehr Muth, als sie in der vorangehenden Lection empfunden hatte, mit Sally zu spielen; auch hier war der Kapitän gegenwärtig.

Als sie Nachmittags mit der Droschke von War-näs nach Hause fuhr, machte der Kapitän selbst den Kutscher. Er blieb bis spät am Abend in Ackers-berg.

Einmal, als der Kapitän und Nina allein waren, sagte er:

„Thekla hat sich, sowohl ihrem äußeren als innern Menschen nach, auf das Vortheilhafteste entwickelt. Aus dem kleinen, gelblich bleichen, häßlichen Kinde ist ein schönes und reizendes Mädchen mit unge-wöhnlichen Geistesgaben geworden. Ich war heute, als ich der Lection anwohnte, ordentlich überrascht. Ich fragte mich selbst, ob es möglich wäre, daß sie, welche niemals eine Schule besucht hat, sich so gründliche Kenntnisse verschaffen konnte.

„Du hältst es also für unmöglich, daß der häusliche Unterricht gründlicher Natur sein könne.“

„Ich habe ihn für höchst mangelhaft gehalten, aber nach dem Beispiel, das sich mir in Thekla darbot, bin ich anderer Meinung. Doch gestehe ich, daß ich mich noch immer nicht bestimmen könnte, im Allgemeinen den Müttern anzurathen, die Lehrerinnen ihrer Kinder zu machen."

„Und warum?"

„Weil die Mütter, allgemein betrachtet, weder die Bildung, noch die Geduld, noch die Zeit haben, welche erforderlich sind, um einen ordentlichen und gründlichen Unterricht zu ertheilen. Die meisten würden ihn als eine Nebensache ansehen, mit welcher sie sich nur in freien Stunden zu befassen hätten. Ueberdieß sind die meisten Mütter als Lehrerinnen sehr ungeduldig und beinahe niemals für diesen Theil der Erziehung ihrer Kinder interessirt. Sie glauben Alles, was Ihnen zukommt, gethan zu haben, wenn sie ihnen eine Gouvernante halten. Wie beschaffen diese ist, welche Kenntnisse sie besitzt, wie sie ihren Beruf erfüllt, das Alles überlassen Sie dem Zufall. Endlich ist ihre eigene Bildung so mangelhaft, daß sie wirklich auch am klügsten daran thun, sich nicht in den Unterricht, welchen ihre Kinder genießen, zu mischen, da sie Nichts davon verstehen."

„Ich glaube, Du thust jetzt den Müttern Unrecht. Der Fehler liegt sicherlich bei den meisten darin, daß sie sich nicht Kenntnisse oder Bildung genug angeeignet haben, um ihren Kindern Unterricht zu ertheilen; aber in manchen Fällen sind auch die Männer daran schuld."

„Die Männer? — Beste Nina, ich glaube kaum,

daß Du einen einzigen Ehemann findest, welcher nicht mit Freuden sehen würde, daß er die Kosten, welche die sogenannte Ausbildung der Töchter mit sich bringt, ersparen könnte."

„Das glaube ich auch; der Fehler liegt aber in sofern an den Männern, daß dieselben, sobald sie an ihre Frauen Ansprüche zu machen beginnen, ihnen zumuthen, sie sollen so gar Viel in sich vereinigen. Sie soll Hausmutter sein; das ist nicht mehr als billig; aber sie soll auch Köchin, Näherin, Kindswärterin und überdieß Gesellschafterin ihres Mannes sein. Da wird es für sie unter solchen Umständen unmöglich, auch die Lehrerin für ihre Kinder zu werden und zu diesem Zweck die Kenntnisse oder Talente zu unterhalten und zu kultiviren, welche sie einmal selbst besaß und nun ihren Kindern beibringen soll. Glaube nicht, daß dieß von Mangel an Interesse herkommt. Nein, ich getraue mir, versichern zu können, daß jede Mutter, wie mangelhaft sie auch in Bezug auf Gewohnheiten, Erziehung und Charakter sein mag, doch von ganzem Herzen ihrer Kinder Wohl zu fördern wünscht. Daß die meisten Mütter sich mit dem, was den Unterricht ihrer Kinder berührt, so wenig befassen, hat darin seinen Grund, daß wenn sie ihnen eine dem Namen nach geschickte Lehrerin angeschafft haben, · sie sich selbst nicht mehr die Geschicklichkeit zutrauen, dieselbe beurtheilen zu können. — Weißt Du, was in unserer Gesellschaft fehlt?"

„‚Mütter‘, wie Napoleon sagte.

„Das ist allerdings wahr; aber Mütter werden nur zu Hause gebildet; der Staat kann sie nicht er-

ziehen. Die Gesellschaft kann nur dazu beitragen,
daß die heranwachsenden Mädchen ihren Verstand
ausbilden, um ihre Pflichten richtig aufzufassen und
die mütterlichen Gefühle durch die Vernunft leiten
zu lassen. Die moralische Richtung, die häuslichen
Tugenden, welche eine Mutter besitzen muß, können
nur von einer Mutter erkannt werden. Was der
Staat den Frauen schuldig ist, besteht darin, zu
sorgen, daß auf seine Kosten Lehrerinnen gebildet
werden und Gelegenheit finden, sich alle die Kenntnisse
anzueignen, welche ihnen zur Erfüllung ihres ernsten
und wichtigen Berufs nothwendig sind. — Niemand
wird Lehrer an einer Knabenschule, ohne daß er seine
Geschicklichkeit dazu dokumentirt hat; aber jeder Frau
steht es frei, eine Schule zu halten, selbst wenn sie
nicht einmal ihre Muttersprache schreiben kann. Ich
kenne Schulvorsteherinnen, welche so völlig unwissend
sind, daß sie nicht viel über einer gewöhnlichen
Dienstmagd stehen, und dennoch zur Errichtung von
Pensionaten Erlaubniß erhalten. Wahr ist es allerdings, daß sie Lehrer beiziehen, aber wie unvollkom-
men und elend muß ein solcher Unterricht bleiben,
welcher unter der Aufsicht solcher Personen ertheilt
wird und nunmehr den Namen von Ausbildung
beanspruchen kann."

„Du hast vollkommen Recht, Nina, und unbe-
greiflich ist es, daß der Staat einen so wichtigen
Gegenstand seiner Aufmerksamkeit so ganz und gar
entgehen läßt. Die Ursache dieser Vergeßlichkeit
dürfte wohl darin liegen, daß die Frauen im Allgemeinen so wenig Verlangen nach Bildung zeigen.
Es fehlt ihnen die Lernbegierde, und sie hegen

gar keinen Wunsch, in das Reich des Wissens ein-
zubringen, sondern sie begnügen sich mit ihrer Kennt-
nißlosigkeit, ohne nach etwas Besserem zu streben.
Ihre Lebensanschauung ist niedrig und im höchsten
Grade beschränkt. Sie sind ohne Theilnahme für
allgemein wichtige Fragen und vollkommen gleichgültig gegen den Fortschritt in der Welt. Welches
Interesse soll dann der Staat für so indifferente
Wesen haben?"

„Gestatte mir ein Gleichniß. Wenn Du einen
Acker brach liegen läßest, so schießt das Unkraut
daselbst auf, und es wäre sehr albern von Dir,
wenn Du erwarten wolltest, er solle Weizen oder
Roggen tragen, während Du ihn nicht eingesäet
hast. Der Verbruß darüber, daß er voll Unkraut
ist, wird sogar lächerlich, da Du es niemals ausge-
jätet hast. So ist es auch mit uns Frauen. Ihr
Männer fordert von uns alle möglichen Tugenden
und Vollkommenheiten, aber denkt nicht einen Augenblick daran, wie wenig Ihr, die Gesetzgeber und
Ordner des Staats, dafür gethan habt, um uns zu
dem, was wir werden sollten — nämlich zu Frauen
zu erziehen. Ernbten wollt Ihr, aber nicht säen,
und bennoch haltet Ihr für nöthig, beides zu thun,
sobald es sich um die Erziehung von Männern
für den Dienst des Staates handelt. Ihr sollt doch
bedenken, daß diese Männer auch Frauen, und deren
Söhne Mütter haben sollen, und daß es in Wirklichkeit eines nicht geringen Grades von Geistesbil-
dung bedarf, um diese beiden Bestimmungen im
Leben zu erfüllen.

„Auf magerem Boden wächst keine Ernbte,"

antwortete Eduard lachend, „und ist der Boden der
Seele gut, da braucht der Staat ihn nicht erst urbar
zu machen. Ein Beispiel hievon bist Du selbst. —
Wer hat bei Dir alle die Eigenschaften entwickelt,
welche Deine Seele schmücken?"

„Das Leiden," antwortete Nina mit tiefem
Ernst. „Ich bitte Gott, daß er Jeden davor bewahre,
in dieser Schule seine Pflichten lernen zu müssen;
denn nicht Alle besitzen die Kraft, die mir eigen war.
Manches Herz würde vielleicht im Kampfe mit dem
Schmerz brechen und nicht Stärke genug besitzen, um
sich zur Kenntniß der Pflichten, welche der Gattin
und Mutter obliegen, durchzuarbeiten. — Die Schule
des Leidens ist bitter."

Es entstand eine Pause, welche der Kapitän mit
den Worten unterbrach:

„Du sagtest, die Frauen hätten nicht immer Zeit,
die Lehrerinnen ihrer Kinder zu machen. Wie hast
Du es möglich gemacht, Zeit zu finden, nicht nur sie
zu unterrichten, sondern auch Deinen eigenen Vor-
rath von Kenntnissen zu erweitern."

„Ich bin, so zu sagen, mein eigener Herr gewesen und habe nicht nöthig gehabt, die Zeit zwischen Mann und Kindern zu theilen, und somit konnte
ich ausschließlich jede Stunde meines Lebens den
letztern widmen."

„Du glaubst also, daß eine Frau nicht zu gleicher Zeit ihre Pflichten als Gattin und als Mutter
erfüllen kann?"

„Als Mutter wohl, aber nicht als Lehrerin.
Darum ist es Pflicht des Staates, darauf zu sehen,
daß die Mädchenschulen ebenso wie die Knabenschu-

len unter öffentliche Controle gestellt werden und somit die Eltern mit Hoffnung auf wirklichen Gewinn ihre Kinder dahin schicken können."

XI.

Der Herbst schwand, und der Winter kam mit dem Weihnachtsfest als seinem Herold. Auf Weihnachten kam auch Eugen wieder, und mit ihm Freude und Fröhlichkeit für alle Bewohner von Ackersberg.

Das Fest selbst verbrachte er zu Hause; aber auf Neujahr sollte er seine Hauslehrerstelle wieder in Warnäs übernehmen, welche er bis jetzt mit einer Pünktlichkeit und einem Eifer, die den Kapitän sehr erfreuten, versehen hatten.

Am vierten Tage der Weihnachtswoche finden wir Elma und Eugen allein im Gesellschaftszimmer.

„Was ist das für ein Brief, den Du empfangen hast?" fragte Eugen plötzlich, von seiner Zeitung aufsehend.

„Ich habe keine besondere Lust, Dir das zu sagen," antwortete Elma erröthend.

„Willst Du, daß ich rathen soll?"

„Wie Dir beliebt; errathen wirst Du es doch nicht."

„Laß das meine Sorge sein. Vorerst erlaube ich mir die Frage: glaubst Du, daß ich blind bin?"

„Verblendet von Eigenliebe bist Du meiner Ansicht nach stets gewesen," entgegnete Elma, indem sie ihn schalkhaft ansah.

„So, so; aber ich kann Dich versichern, daß ich gestern bei dem Probst gar nicht verblendet war.

„Nun, was schwazest Du denn für wunderliche Dinge?"

„Nichts Wunderliches, sondern etwas ganz Alltägliches."

„Daß der Unterpfarrer ein wenig zu tief in's Glas gesehen?"

„Nein, wohl aber, daß der Hüttenwerksbesitzer Aström Dir zu tief in die Augen gesehen."

„Nichts weiter?"

„O ja, denn ich bemerkte auch, daß Du Dich bei ihm und dem Lieutenant H. einzuschmeicheln suchtest."

„That ich das? Nun da bist Du einmal auf beiden Augen blind gewesen."

„Wirklich, mit wem kokettirtest Du wohl dann?"

„Ich habe noch gar nicht zugegeben, daß ich überhaupt kokettirte."

„Ich brauche Dein Geständniß gar nicht, denn ich habe es gesehen. Wenn Du es also nicht gegenüber von denen thatest, welche ich genannt habe, wie es nichts desto weniger doch geschehen ist, so müßte es jemand anders gegolten haben."

„Das kann wohl sein."

„Nun, wem dann?"

„Erräthst Du es nicht selbst, so sollst Du es auch nicht erfahren," sagte Elma und lächelte Eugen freundlich an; aber dieses frische Lächeln hatte nicht seine gewöhnliche Wirkung, nämlich ein gleiches auf den Lippen ihres Cousins hervorzurufen; sondern sein mürrisches Aussehen blieb sich gleich.

„Ich bin nicht so glücklich, etwas Anderes errathen zu können, als was ich sehe, und ich habe nichts weiter gesehen, als Deine Koketterie gegen- über dem Hüttenwerkbesitzer und seine naseweise Be- harrlichkeit."

„Eugen, was ist Dir? Warum bist Du so ver- drießlich?"

„Verdrießlich? Gewiß nicht; aber es ist doch meiner Meinung nach nicht sehr lustig, finden zu müssen, daß Du ein eitles und gefallsüchtiges Mäd- chen geworden bist, welches mit Vergnügen sich die Artigkeit jedes Burschen gefallen läßt, wenn er nur ihr schön thut und ihrer Eigenliebe schmeichelt."

„Du bist recht gottlos, Eugen, und das verdiene ich nicht. Wenn Du in mein Herz sehen könntest, wie innerlich froh und glücklich ich gestern war, so würdest Du meine Freude nicht Koketterie nennen."

„Ich brauchte nicht erst in Deinem Herzen zu lesen, um Deine Freude zu sehen; die las ich auf Deinem Angesicht. Ich wünsche dem Hüttenwerks- besitzer Glück, daß er ein solches Gefühl von Wonne, wie Du zu empfinden schienest, hervorzu- rufen vermochte."

„Nimm Dich in Acht; ich werde am Ende noch böse."

„Das glaube ich schon. Für mich hast Du Deine Launen und Deinen Mißmuth, für ihn Lächeln und Fröhlichkeit; aber er hat freilich ein großes Hütten- werk, während ich dagegen nur meine Jugend, mein warmes Herz und meine Arbeitsamkeit habe."

„Still, Eugen, nun bist Du mehr als boshaft," rief Elma, sprang auf und wollte das Zimmer ver- lassen; aber ehe sie die Hand auf das Schloß legte,

5 *

hatte Eugen sie um den Leib gefaßt und sagte mit bebender Stimme:

„Elma, laß' mich den Brief sehen, welchen Du bekommen hast; ich will, ich muß ihn lesen. Siehst Du nicht, daß ich — ich — aufgeregt bin."

Elma versuchte sich loszumachen, während sie mit einer Miene, in welcher Verwunderung mit Aerger sich mischte, ihn betrachtete; aber Eugen hielt sie mit seinem Arm fest umschlossen.

„Den Brief, Elma. Wenn Du noch einiges Mitleid mit mir hast."

„So laß' mich los," sagte Elma.

Eugen gehorchte, und Elma zog aus ihrer Tasche einen Brief und reichte ihm denselben, worauf sie das Zimmer verlassen wollte, aber Eugen faßte sie bei der Hand und sagte:

„Bleibe bei mir, Elma, wir haben einander viel zu sagen."

„Nein, Eugen, Du hast mich bitter gekränkt."

„Womit?"

„Mit Deinen Worten. Ich will gehen."

Elma's Augen standen voll Thränen.

„Vergib, Elma, vergib, ich bin ein Narr. Aber bleibe bei mir, wenn Du noch einige Anhänglichkeit an Deinen Bruder hast."

Eugens Blicke baten zärtlicher als seine Lippen. Er schaute tief in die unschuldsvollen Augen, welche ihn mitten durch die Thränen anlächelten.

„Ich habe wohl keine andere Wahl," antwortete Elma mit einer Mischung von Freundlichkeit und Wehmuth. „Schon von unserer Kindheit an habe ich ja keinen andern Willen als den Deinigen gehabt, und die Gewohnheit ift mir zur andern Natur geworden."

„Ich danke Dir," erwiederte Eugen und zog fie neben fich auf den Sopha herab, wornach er den Brief öffnete.

„Nein, lieber Eugen, das ift zu viel verlangt, wenn ich hier neben Dir fitzen foll, während Du das hier lieft. Laß mich gehen, ich komme gleich wieder zurück."

„Elma, regt der Inhalt diefes Briefes Dich fo auf, daß Du, fo lang ich ihn lefe, nicht bei mir bleiben kannft? Wenn dem fo ift, will ich ihn lie- ber gar nicht lefen."

„Wahrhaftig, ich kenne Dich nicht mehr. Eu- gen. Was in aller Welt geht mit Dir vor?"

„Bleib fitzen und Alles wird wieder gut."

Elma legte ihre Hände auf feine Schulter und ftützte ihre Stirne darauf, während Eugen las. Sie fühlte, wie er zitterte, als er mit den Augen die erfte Zeile des Briefs überlief. Da ftand: „Geliebte Elma" von zierlicher Mannshand gefchrieben.

Als er zu Ende war, faltete er den Brief wieder zufammen und fprach mit bitterer Ironie:

„Es fcheint, der Hüttenwerksbefitzer hat zum Vor- aus gewußt, wie Deine Antwort ausfallen würde. Es ift ihm wohl den Winter über klar geworden, daß er Grund zu hoffen habe. Du liebft ihn alfo?"

„Was in aller Welt fagft Du da?" rief Elma und erhob fich heftig.

„Ich vermuthe, daß Du den glücklichen Freier, den fchönen und reichen Hüttenwerksbefitzer liebft?"

„Wie ist es möglich, daß Du so Etwas vermuthen kannst?"

„Darauf bringt mich die Zuversicht, womit er von seiner Liebe spricht."

„Eugen, hast Du aufgehört, mich zu lieben, da Du so reden kannst?"

„Elma," rief Eugen und schaute überrascht zu dem jungen Mädchen auf, welches mit bleichen Wangen vor ihm stand; „welche Frage?"

„Sie ist ganz natürlich, denn wenn Du mich wie ehedem liebtest, so hättest Du wissen können, daß mein ganzes Ich jetzt wie allezeit Dir angehört."

„Und Deine Antwort auf diesen Brief?"

„Brauche ich sie Dir noch zu sagen? Fühlst Du nicht, daß es nur eine gibt? Oder glaubst Du, daß ich einen Andern zum Mann nehmen werde, wenn ich Dich liebe?"

„Elma! Elma! Ich athme wieder! Wie qualvoll sind diese Stunden für mich gewesen!"

„Und warum das?"

„Du fragst noch, Elma? Bedenke doch die Ungewißheit, in der ich lebte!"

„Und wie konntest Du überhaupt der Ungewißheit Raum geben?"

„Ich mußte ja nicht, ob Du den Hüttenwerkbesitzer nicht liebtest."

„Das mußtest Du nicht? Du mußtest aber doch, daß ich mit ganzer Seele an Dir hänge."

„Ja, wie eine Schwester."

„Eugen, ich verstehe den Unterschied nicht, den Du damit machst. Ich verstehe nur Eins, daß ich mir niemals die Möglichkeit gedacht habe, Du könntest eine Andere, als mich lieben."

„Aber, Elma, wir haben doch niemals von Liebe gesprochen. Wie konntest Du denn wissen, wen ich liebte?"

„Bedarf es hier der Worte? Das habe ich nie geglaubt; mein eigenes Herz sagte mir, daß Du mich liebtest. Nach der Stärke meiner Liebe beurtheilte ich die Deinige, und es ist mir oft vorgekommen, als ob Deine und meine Empfindungen in Eins verschmolzen wären. Den bloßen Gedanken, mich an einen Andern so anzuschließen, wie ich es bei Dir gethan, würde ich als einen Betrug gegen Dich angesehen haben."

Elma stand vor Eugen, welcher ihre Hände in die seinigen geschlossen hielt. Es lag Etwas so Einfaches, Wahrhaftes, Unschuldvolles und rührend Zuversichtliches in der Stimme und dem Blick des jungen Mädchens, daß Eugen, der Eingebung seines Gefühls folgend, vor ihr das Kniee beugte und mit gerührter Stimme flüsterte:

„Elma, hast Du so in meiner Seele lesen können? Hast Du das gethan, so mußt Du auch verstehen, was ich fühlte, als ich Dich zu verlieren fürchtete. Bisher habe ich mir niemals die Möglichkeit gedacht, daß Jemand in Dir Etwas Anderes als meine Verlobte sehen könnte. Ich stellte mir vor, die ganze Welt müßte begreifen, daß wir für das ganze Leben an einander gefesselt wären."

Er bedeckte Elma's Hände mit Küssen, welche viel zu warm waren, als daß sie von einem Bruder kommen konnten.

Elma gehörte nicht zu denen, welche sich dem Ausdruck ihrer Gefühle lang hingeben. Sie entzog ihm deßwegen ihre Hände, küßte Eugen auf die Stirne und sagte mit freundlichem Ton:

„Steh' auf und mach' allen diesen Kindereien ein Ende. Du weißt jetzt Alles, was Du wissen willst, und sogar, mit wem ich gestern Deiner Behauptung nach kokettirte."

„Mit mir?"

„Das ist klar. Man will allzeit Dem gefallen, welcher in unserm Herzen den ersten Platz einnimmt."

„Und den räumst Du mir ein?"

„Du hast mir ja keine andere Wahl gelassen. Du beraubtest mich meines freien Willens, schon als wir noch Kinder waren."

„Und ich darf also diese Gewalt über Dich auf Lebenszeit verlängern."

„Das ist überflüssig, da ich keinen Andern Dir vorziehen will."

„Und Du willst das niemals?"

„Niemals."

„Elma, Elma, Du bist eine kleine Zauberin," rief Eugen, umschlang Elma, raubte ihr einen Kuß und walzte mit ihr im Zimmer herum.

XII.

Weihnachten war vergangen, und der Winter mit. Eugen war wieder nach Upsala abgereist, um seine Universitätsstudien zu beschließen und sodann seine praktische Laufbahn im Staatsdienst anzutreten.

Durch Kapitän Oernſtjölds Vermittlung fand er
in Stockholm eine Stelle als Informator bei einem
Verwandten von jenem, einem Major K., welcher
einen kränklichen und verkrüppelten Sohn hatte.
Dieß war für unſern jungen Extraordinarius ein
großes Glück, da ſein Aufenthalt in Stockholm für
ſeine Mutter dadurch mit geringern Koſten verknüpft
wurde.

Thekla fuhr fort, in Warnäs Unterricht zu geben.
Elma arbeitete mit frohem Sinn und niemals wan-
kendem Vertrauen auf die Zukunft. Sie pflegte ihre
Blumen, liebkoſte ihre Vögel, beſchäftigte ſich in
ihrer kleinen Buchbinderwerkſtätte, lieferte Kopialien
für Kanzleien und ſchrieb nebenbei lange Briefe an
Olga und Eugen.

Ueberall ſah man die Spur ihres lebhaften, für
alle Leidenden gefühlvollen Herzens. War irgend
eine Arbeiterfamilie in Noth oder von Krankheit
heimgeſucht, alsbald erſchien Elma, um zu helfen
und zu tröſten. Sollte eine Braut ſchön herausge-
putzt werden, ſo mußte Elma Anleitung geben; gab
es eine Wittwe aufzurichten, ſo kam man zu Elma;
wurde ein Kind zur Taufe gebracht, ſo war es
Elma, welche das Taufhäubchen nähte und entweder
für ſich oder in Anderer Namen zu Gevatter ſtand.
Sie war der Liebling von Jedermann, Rathgeberin,
Freude und Troſt von Allen, ſowohl in als außer
dem Hauſe. — Niemals fiel ihr Etwas zu ſchwer,
niemals ſah ſie Etwas als unmöglich an; immer
war ſie bereit, Jedem, der ſich an ſie wandte, unter
Luſt und Sang zu dienen.

So vergingen anderthalb Jahre.

Thekla war immer hübscher und hübscher geworden, so daß sie mit achtzehn Jahren für wirklich schön gelten konnte, ohne daß sie selbst eine Ahnung davon hatte. Mit Eifer und Interesse widmete sie sich ihrem Beruf als Sally's Lehrerin, und es geschah oft, daß der Kapitän den Lektionen anwohnte und, wenn Thekla ihren Unterricht geschlossen hatte, beiden, der Schülerin und der Lehrerin einen leichtfaßlichen Vortrag aus der Geschichte oder Naturwissenschaft hielt. Mit strahlenden Augen lauschte Thekla seinen Worten und trank mit vollen Zügen aus der Quelle, welche ihren Wissensdurst stillte.

Eines Tags, als die Majorin Thekla gebeten hatte, länger zu verweilen, sprach der Kapitän, während die ganze Familie im Gesellschaftszimmer versammelt war, mit Thekla, Agnes und Sally über den Fortschritt der allgemeinen Kultur und zeigte, daß damit der menschliche Geist sich zur Freiheit und Selbstständigkeit entwickelte. Das Bewußtsein der Menschenrechte, sagte er, sei die Macht, welche den Sturz der Tyrannei und Unterdrückung herbeigeführt habe.

Als er zu Ende war, äußerte Thekla mit Lebhaftigkeit:

„Es bleibt aber doch noch viel davon übrig."

„Das ist wahr, aber mit jedem Tage löst sich ein Glied von der Fessel ab, welche noch in Folge von Vorurtheil oder schlechter Gesetzgebung existirt."

„Ja, für den Mann, aber nicht für die Frau. Sie ist und bleibt eine Sclavin unter dem Despotismus ihrer Gesetze."

„In welchen Fällen?" fragte Eduard und betrachtete lächelnd das junge Mädchen.

„In allen. Ihr ist die Thüre des höhern Wissens verschlossen, sie klopft vergeblich an das Heiligthum, das den Männern so leicht zugänglich ist. Sie wird ihr ganzes Leben lang als ein Kind betrachtet, unvermögend für sich selbst zu sorgen. Sie ist ein unmündiges Wesen, selbst wenn ihr Haar vor Alter ergraut, sofern sie nicht einen gewissen Werth durch den Mann erlangt, dessen Namen sie annehmen muß. Mit wenigen Worten: sie ist noch heute in voller Wirklichkeit eine Sclavin, nur mit dem Unterschied, daß ihre Ketten mit Blumen umwunden sind, also nicht ins Auge fallen."

„Ei, ei, ich glaube, Ihre Mutter hat, ohne es zu wollen, Sie zu einer emancipirten Frau herangezogen."

„Ich fürchte, diese Gedanken haben sich mir als verbotene Waare in den Kopf eingeschmuggelt," antwortete Thekla lächelnd; „aber gewiß ist, daß ich es für unrecht halte, uns von einer höhern wissenschaftlichen Bildung auszuschließen, und für eine wirkliche Rechtsverletzung, daß das Gesetz uns nicht ebenso, wie die Männer, mit einem gewissen Alter für mündig erklärt."

„Ich will mich jetzt nicht hierüber aussprechen," erwiederte der Kapitän mit väterlichem Wohlwollen, „sondern bitte Sie nur, Thekla, mit Ihrer Mutter darüber zu sprechen. Sobald Sie, mein Kind, deren Gedanken über die Sache gehört haben, wollen wir weiter davon reden."

„Warum nicht eher?"

„Weil eine Mutter leichter als ein Vater einer jungen Person Alles klar machen kann, was ihre Stellung im Leben betrifft, und obschon ich eine wirkliche väterliche Zuneigung für Sie hege und in Folge davon nach bester Ueberzeugung sprechen würde, so möchten Sie doch bei meinem Urtheil immerdar, da ich ein Mann bin, eine gewisse Parteilichkeit argwöhnen."

„Ich glaube auch blindlings an meiner Mutter Worte," antwortete Thekla.

„Aber an die meinigen nicht."

„O ja, auch," antwortete Thekla, indem sie mit einem vertrauensvollen Blick ihn ansah.

„Selbst wenn ich mich zum Nachtheil der Frauen aussprechen sollte?"

„Auch dann."

„Wirklich, und aus welchem Grunde?"

„Einfach deßhalb, weil Sie mir so unendlich überlegen sind, und weil ich stets denken würde, daß Sie mit Ihrem scharfen Verstande und Ihrer höhern Bildung eine tiefere Einsicht in die Sache haben, als ich, die ich nur nach meinen Gefühlen urtheile."

„Ich danke Ihnen! — Sie haben also dasselbe Vertrauen zu mir, wie eine Tochter zu ihrem Vater?"

„Nicht so ganz. — Sie kommen mir nicht wie ein Vater vor."

„Als was denn?" fragte er. „Es liegt in der Art und Weise, wie Sie sich gegen mich benehmen, Etwas, das geeignet ist, mich auf den Gedanken zu bringen, daß Sie mich so betrachten, als wäre ich

Ihr Vater, und dieß hat mich auch veranlaßt, Sie als meine Tochter anzusehen."

„Das hätte ich nicht geglaubt; denn ein Vater pflegt zum Beispiel nicht zu seiner Tochter S i e zu sagen."

Und dabei lächelte Thekla auf eine so entzückende, schalkhafte Weise, daß Eduard von diesem einnehmenden, so seelenvollen und intelligenten Gesichte die Augen gar nicht abwenden konnte.

„Das war keine Antwort auf meine Frage," sagte er.

„Auf welche Frage?"

„Warum Sie mich nicht als Ihren Vater ansehen, und worin Ihre so oft vorkommende Schüchternheit ihren Ursprung hat?"

„Sie kommen mir viel zu jung vor, um mein Vater zu sein."

„Zu jung?" — Ich bin ja zweiundzwanzig Jahre älter als Sie."

„Das macht Nichts aus, wenn es auch vierzig Jahre wären, so sehen sie doch nicht wie ein Vater aus."

„Also etwa wie ein Mentor?" sagte der Kapitän lachend, „vor welchem Sie große Furcht hegen?"

„Nein, Furcht nicht."

„Respekt also?"

„Auch das nicht."

„Nun, so erklären Sie sich, mein Kind."

„Bedarf es dessen? Achtung und Bewunderung ist das, was ich empfinde. — Ach! Sie machen mich so klein in meinen eigenen Augen, daß es mir zu-

weilen wie eine große Vermeſſenheit meinerſeits vorkommt, wenn ich, ſo unwiſſend wie ich bin, dennoch
ſo frei mit Ihnen rede. Sie ſind nicht meines-
gleichen. Sie ſtehen ſo hoch über mir, ſind mir
ſo überlegen, daß ich niemals etwas Anderes thun,
als Ihren Worten lauſchen ſollte.“

„Ei, Eduard, das iſt ja die lautere Schmeichelei,“
bemerkte die Majorin mit ihrem matten Lächeln.

„Ja, in der That,“ antwortete er, beſonders
beßwegen, weil mir damit nicht geſchmeichelt iſt.
Hegt Thekla wirklich eine ſo hohe Vorſtellung von
meiner Ueberlegenheit auf Koſten der Zuneigung,
ſo fühle ich mich dadurch nur wenig geſchmeichelt.“

„Zuneigung fühle ich nur zu ſehr Wenigen,“ entgegnete Thekla. „Mein Herz iſt ſo eng, daß es
nicht Raum für Viele hat.

„Das will ſagen, für mich iſt darin kein Platz.
Sie haben alſo keine Zuneigung zu mir?“

„Wahrhaftig, das weiß ich kaum ſelbſt,“ erwiederte Thekla lachend; „jedenfalls kann dieſelbe
nicht groß ſein, denn in jüngern Jahren war ich
gegen den Beſitzer von Warnäs keineswegs freundlich geſinnt.“

Was Eduard bei dieſer Antwort dachte, wiſſen
wir nicht; ſo viel iſt gewiß, daß ſeine Miene un-
verändert blieb.

„Verſuchen Sie einmal, Onkel zu mir zu ſagen,“
fuhr er lächelnd fort.

„Unmöglich,“ erwiederte Thekla lachend.

„Warum? Sie hegen alſo noch immer feind-
ſelige Geſinnungen gegen mich?“

„Man iſt dem nicht feind, den man bewundert.“

„Nun wohl, eigenſinniges Kind, warum ſagen Sie nicht zu mir Onkel?"

„Darum, weil ich dieß Wort nicht über die Lippen bringen kann; und wenn ich es auch ausſprechen könnte, wollte ich es doch nicht. In dieſem Namen ſähe ich eine Art von Verwandtſchaft durchſchimmern, welche es mir zur Pflicht machen würde, Zuneigung zu empfinden, und ich bin in dieſem Fall ſehr karg, da ich wohl weiß, daß ich, je weniger ich davon mittheile, deſto mehr für mich behalte."

Die Majorin lachte. Eduard ſtand auf und ſagte, während er das Zimmer verließ:

„Nun, da werde ich wohl einſtweilen mit der Achtung vorlieb nehmen müſſen."

XIII.

Als Thekla eine Stunde ſpäter nach Hauſe wanderte, fühlte ſie ſich zu gleicher Zeit wehmüthig und froh geſtimmt. Oft blieb ſie ſtehen, nahm den Hut ab und ließ den Wind mit ihren Locken ſpielen, während ſie mit träumeriſchem Lächeln auf den Geſang der Vögel, das Rauſchen des Windes und das Murmeln des Baches hörte.

Sie hatte eben auf einer kleinen Anhöhe Halt gemacht, um die herrliche Ausſicht, die ſie hier vor ſich hatte, zu genießen, als ſie plötzlich den Hufſchlag eines Pferdes hinter ſich vernahm.

Sie wandte ſich um und ſah den Kapitän in ſcharfem Trab herankommen. Sie wich zur Seite, um ihn vorüber zu lassen; er aber hielt, als er sie erreicht hatte, an und sprang vom Pferde.

„Warum verschwanden sie so plötzlich von Warnäs?" sagte er. „Meine Absicht war, Sie nach Hause zu begleiten und damit zugleich einen Besuch in Ackersberg abzustatten; als ich aber nach Abwesenheit von einer Stunde wieder heimkehrte, waren Sie fort."

Bei diesen Worten warf er den Zügel über den Arm und schritt neben Thekla weiter.

„Davon habe ich nichts gewußt, und so war es mein Wunsch, bei Zeiten heimzukommen."

Es entstand eine kleine Pause.

„Wissen Sie, Thekla, worüber ich inzwischen viel nachgedacht habe," begann der Kapitän. „Nun, welche Benennung wir eigentlich statt des Wortes Onkel ausfindig machen könnten, die Ihnen als Titel für mich genehm wäre? — — Cousin vielleicht?"

„Pfui, das ist so altmodisch."

„Nun, so geben Sie mir einen Rath. Onkel wollen Sie mich nicht heißen, mag das Wort Mutter- oder Vatersbruder bedeuten. Woher sollen wir also einen Namen auftreiben, der Sie nicht verpflichtet, eine gewisse Zuneigung zu mir zu hegen, deren Sie mich nicht würdig erachten?"

„Nicht würdig? Habe ich das gesagt?"

„Nicht genau, aber Etwas der Art. Cousin — das verbindet zu gar nichts."

„Deßhalb verwerfe ich es; denn ich stehe in großer Verbindlichkeit gegen Sie für alle Ihre Güte gegen mich und meinen Bruder.

„Ganz und gar nicht. Sie sind mir keine Dankbarkeit schuldig. Es würde mir aber wohl gethan haben, wenn Sie eine töchterliche Zuneigung zu mir gehegt hätten. Ich halte Zuneigung sehr hoch und fühle mich oft einsam genug, weil mir Jemand abgeht, der Freundschaft für mich empfindet."

„An Zuneigung fehlt es Ihnen nicht. Ihre Schwesterkinder, Ihre Schwester, Ihre Bruderskinder, Alle hängen an Ihnen."

„Ach ja, aber die sind dennoch Fremde für mich. Der Respekt hat die Freundschaft verdrängt."

„Das kommt daher, daß Sie, wie ich früher gesagt habe, so hoch über Allen stehen, daß man somit, im Gefühl seiner eigenen Kleinheit nicht wagt, sich Ihnen anders als mit Achtung und Bewunderung zu nähern."

„Ein sehr trauriges Schicksal, welches alle Zärtlichkeit ausschließt und mich auf diese Weise ganz einsam in der Welt hinstellt. — Ich sehe auch niemals ein Ehepaar, ohne einen Seufzer sehnsüchtigen Bedauerns."

„Warum haben Sie sich denn aber nicht verheirathet?"

„Weil ich niemals eine Frau so sehr geliebt habe, um sie zu meiner Gattin machen zu wollen, und nun ists wohl zu spät für mich, noch ans Heirathen zu denken."

„Selbst an Geist überlegen, werden Sie auch niemals eine andere Frau lieben können, als eine solche, die Ihnen in dieser Beziehung gleichsteht."

„Angenommen, daß ich eine solche Frau liebte, ist es darum wohl ausgemacht, daß sie mich wieder lieben würde? Ich bin nicht mehr in dem Alter, daß man Liebe einflößt."

„Die Person, die von Ihnen geliebt wird, liebt gewiß auch Sie."

„Wie wissen Sie das?"

„Weil ich es für unmöglich halte, daß Sie nicht Liebe einflößen, wenn Sie es nur wollen."

„Sie widersprechen sich, Thekla. Erst heute haben Sie behauptet, es liege Etwas in mir, was die Zuneigung fern halte."

„Das ist wahr; aber eine Frau bewundert ja gern denjenigen, welchen sie liebt. Sie kann dann ihre eigene Inferiorität anerkennen, ohne sich dadurch beängstigt oder gedemüthigt zu fühlen. Um Freunde zu werden, dazu ist erforderlich, daß beide auf gleicher Höhe stehen."

„Sie irren sich, mein Kind. Ein Vater flößt sowohl Ehrerbietung, als Zuneigung ein.

„Ja, aber er fühlt selbst Zärtlichkeit nur für die, welche ihn lieben. Sie dagegen erfüllen gewissenhaft ihre Pflichten gegen Ihre Umgebung; aber Sie lieben diese nicht."

„Woher wissen Sie das?"

„Von Ihrer Kälte. — Sie sind freundlich, niemals herzlich. Sie sind gut, niemals zärtlich; aber gegen Jemand, welchen Sie liebten, würden Sie ganz gewiß sowohl zärtlich als herzlich sein."

„Wer weiß? am besten ist es, wenn ich gar nicht liebe. Nicht Jedermann ist für die Liebe geschaffen. In meinem Alter muß man ohnedieß die Kinderkrankheiten überstanden haben."

„Sie betrachten demnach die Liebe als eine Kinderkrankheit?"

„Ja, ganz wie die Masern oder das Scharlachfieber."

„Dann wünsche ich, daß Sie auch noch davon angesteckt werden, da Sie so wenig Achtung für dieses Gefühl haben."

„Achtung? Hat man je Achtung vor Thorheiten? Und unter allen großen Thorheiten ist die Liebe die größte."

Thekla sah ihn mit einem mißvergnügten Blick an; dann wandte sie den Blick ab, und sie setzten schweigend ihren Weg fort.

XIV.

Am folgenden Tage saßen Nina und Thekla bei einander auf einer der Bänke unter den Bäumen im Hofe. Elma war mit einem Schüsselchen Suppe zu einem Kranken gegangen.

„Du bist so nachdenklich, Kind," sagte Nina zu Thekla.

„Ich denke an ein Gespräch, welches ich gestern mit dem Kapitän hatte."

„Und wovon handelte es?"

„Von der meiner Ansicht nach verkümmerten Stellung der Frauen in der Gesellschaft."

„Nun, laß hören, wie Du sie aufgefaßt hast."

Thekla antwortete:

„Nun, siehst Du, Mama, mir scheint, es sollte der Frau, wie dem Mann, gestattet sein, sich wissen-

6 *

schaftliche Kenntnisse einzuthun. Sie sollte dieselbe
Freiheit haben, wie er, die Universitäten zu besuchen, um zu derselben Höhe intellektueller Vollkommenheit sich emporzuschwingen. Es sollte für sie
keine so eng begrenzte Wirksamkeit geben, während
ihm die ganze Welt offen steht. Ich will damit
nicht sagen, daß sie eine staatsmännische oder Be-
amten-Stellung einnehmen soll; aber mir dünkt, die
wissenschaftlichen Forschungen sollten beiden gleich
zugänglich sein, so daß Frauen, welche die Natur
mit großer Wißbegierde ausgestattet hat, auch die
Gelegenheit zu deren Befriedigung fänden. Warum
sollten wir nicht das Recht haben, Chemie, Physik,
Philosophie und dergleichen zu studiren, wenn wir
uns dazu berufen fühlen? Warum soll die Universität uns verschlossen sein, während sie dem Mann
Gelegenheit gibt, in alle Wissenschaft einzudringen?
Es läßt sich nicht läugnen, daß es Frauen gibt, die
vollkommen ebenso viel Fähigkeit zu wissenschaftlicher Bildung wie irgend ein Mann besitzen. Ist
es da nicht eine Ungerechtigkeit von der Gesellschaft,
die eine Hälfte der Menschheit von der Befriedigung
des edelsten Gefühls in unserer Brust, des Verlan-
gens nach Kenntnissen auszuschließen? Mögen die
Frauen, welchen die Natur dieses höhere Streben
versagt hat, in ihrer Unwissenheit beharren; aber
möge auch denjenigen, welche den ganzen Werth eines wissenschaftlicher Beschäftigung geweihten Lebens
erkennen, die Erreichung dieses Zwecks ermöglicht
werden. Das ist meiner Ansicht nach ein ganz bil-
liges Begehren, eine Gerechtigkeit, welche die Gesellschaft der Frau schuldig ist."

Nina hatte ihrer Tochter ohne alle Ueberraschung
zugehört. Es war, als ob die voraussehende Mutter erwartet hätte, daß die in Bezug auf geistige
Fähigkeiten so reich ausgestattete Thekla eines Tags
nothwendig diese Fragen aufwerfen und gegen den
Zwang, innerhalb des engen, den Frauen angewie-
senen Kreises verharren zu müssen, sich empören
würde.

Als Thekla zu Ende war, nahm Nina das
Wort:

„Alle diese Bemerkungen von Dir, mein Kind,
kommen daher, daß Du Dir den Zweck bei jedem
geschaffenen Wesen noch nicht klar gemacht hast.
Wenn Du Dich umsiehst, so findest Du, daß jedes
Gewächs, jedes selbst noch so geringe Ding auf unserer Erde von der Vorsehung seine eigenthümliche
Bestimmung erhalten hat. — Nun wohl, wenn dieß
vom Kleinsten bis zum Größten gilt, so gilt es auch
vom Menschen. Mann und Weib, beiden ist von
Gott eine eigene Bestimmung zugewiesen worden,
und zur Erfüllung derselben haben sie von Gott ent-
sprechende körperliche und geistige Fähigkeiten erhalten. Das Weib ist von Natur an Verstand karger,
an Gefühl reicher als der Mann ausgerüstet worden. Ihre Interessen sind beschränkter, ihr Bedürfniß an Thätigkeit ist kleiner als beim Mann. Sie
ist von Gott für das Haus, für das Familienleben
als Gattin und Mutter bestimmt. — Was soll nun
der Staat thun? Nun, er soll beiden Gelegenheit
geben, ihre Anlagen so auszubilden, daß sie dem
Zweck ihres Daseins auf edle Weise zu entsprechen
und sich der Vollkommenheit zu nähern vermögen.

— Daß der Staat sich sonach in erster Linie mit
der Ausbildung des Mannes beschäftigt, ist natürlich, darum weil er für die Gesellschaft der wichtigste
Theil ist. Der Fortschritt der Zeit und das Bedürfniß des Mannes, in seiner Gattin und Mutter
seiner Kinder etwas Anderes als seine Sclavin zu
sehen, haben auch allmälig die Nothwendigkeit mit
sich gebracht, die Rechte der Frau auf moralische
und intellektuelle Entwicklung in Betracht zu ziehen.
Aber siehst Du, Thekla, jeder Versuch, sie zu etwas
Anderem, als dem zu machen, wozu Gott sie bestimmt hat, ist eine Thorheit; denn jede Verbesserung,
die von Gottes Absichten abweicht, ist verfehlt und
kann niemals zu einem Nutzen oder Gewinn führen.
Ein Mädchen muß zur Frau erzogen werden; wie
ihre geistigen Anlagen auch beschaffen sein mögen,
die Aufgabe ihres Lebens bleibt immer die, daß sie
als Frau ihren Platz ausfülle. Eine solche Erziehung kann nicht auf einer Akademie erlangt, sondern muß zu Hause gegeben werden. Was hinge-
gen ihre intellektuelle Vervollkommnung betrifft, so
hat der Staat hier allerdings noch Pflichten zu erfüllen; aber auch, wenn eines Tags diesen Pflichten
Genüge geschieht, so ist doch niemals weder durch
die Ansprüche der Frau, noch durch das Wohl der
Zukunft geboten, daß ihre Unterweisung der des
Mannes gleich werde; denn sowohl die intellektuelle
als die moralische Ausbildung soll in erster Linie
zum Zweck haben, ihr eine solche Richtung zu geben, daß sie eine kluge und verständige Hausfrau,
eine einsichtsvolle und ihrer häuslichen Pflichten vollkommen bewußte Mutter werde, welche ihren Söh-

nen und Töchtern eine solche Anleitung zu geben
vermag, daß diese ihrerseits die Aufgabe des Lebens
zu lösen im Stande sind. Jede andere Erziehung
ist und bleibt ohne irgend einen wirklichen Nutzen
für die Zukunft."

„Aber, Mama, wenn nun die Natur einen Trieb
in mich gelegt hat, welcher bewirkt, daß ich auf dem
beschränkten Platze, welchen man der Frau anweist,
nicht gedeihen kann, daß ich vor Ungeduld brenne,
mir Wissenschaft und Kunst anzueignen, warum soll
ich diesem Trieb nicht Folge leisten?"

„Fern sei es von mir, Dich daran hindern zu
wollen. Hast Du Lust zur Malerei, zur Musik oder
Literatur, so magst Du diesen Studien Dich widmen, als einem edeln Genusse, wenn Du reich bist,
als einem Mittel zur Versorgung, wenn Du arm
bist, aber Du darfst niemals darüber vergessen, daß
Du Frau bist. Früher oder später kommt ein Tag,
wo die Stimme des Herzens sich Gehör verschafft.
Du wirst lieben und geliebt werden. Die Liebe zur
Kunst und Wissenschafft wird dann nicht so viel über
Dich vermögen, daß Du die Liebe zu dem Mann, welchem Du Dein Herz geschenkt hast, aufopferst; er wird
jenen zum Trotz Dich als seine Gattin heimführen.
Dann siehe zu, daß Du die Pflichten erfüllen kannst,
welche Du am Altare übernommen hast, und glaube
nicht, daß irgend eine Kenntniß, irgend ein Genie
oder Talent ihm den Mangel an einer zärtlichen
und holden Gattin, oder den Kindern den Mangel
an der Liebe und Fürsorge einer verständigen Mutter
ersetzen werde."

„Aber nicht alle Frauen treten in den Ehestand,

und es wäre doch einseitig, nicht an die zu denken, welche unverheirathet bleiben."

„Darin hast Du vollkommen Recht, deßhalb muß jede Erziehung zum Zweck haben, die heranwachsenden Mädchen zu tüchtigen und klugen Gattinnen und Müttern zu ziehen; sodann ist je nach den Anlagen einer jeden auf diejenige Beschäftigung Bedacht zu nehmen, welche zu einer Quelle der Versorgung, oder, wenn sie Vermögen haben, zu einem Mittel der Thätigkeit und Förderung des Nutzens werden kann. Dieß wird den Vortheil mit sich bringen, daß nicht so viele Ehen leichtsinnig geschlossen werden. Kann ein Mädchen durch Arbeit sich die Mittel zu einer unabhängigen Stellung verschaffen, so wird sie nicht, um versorgt zu werden, sich als Sclavin an einen Mann verkaufen, der sie nähren und kleiden kann. Bei der Wohlhabenden wird die Ausbildung des Verstandes und die Möglichkeit, sich auf eine nützliche Weise zu beschäftigen, zur Folge haben, daß sie nicht ihr ganzes Streben darauf richtet, ihr Leben zu einem Roman zu machen, in dem sie selbst, von ihren Einbildungen verblendet, gewöhnlich zur Betrogenen wird. Glaube mir, Thekla, es gehört kein so geringes Maß von Kenntnissen und Adel der Seele dazu, um den Namen einer gebildeten Frau zu verdienen, und mir dünkt, daß das wißbegierigste Mädchen, ohne die Akademie zu besuchen und sich in die Lösung wissenschaftlicher Probleme zu vertiefen, immerhin zureichende Nahrung für ihre Seele finden kann. Der Fehler bei den Frauen, welche darüber klagen, daß ihnen alle Wege zur Befriedigung ihrer Wißbegier abgeschnitten seien, liegt darin, daß sie noch viel zu wenig eingesammelt haben, um einzusehen, daß sie nichts verstehen, sonst würden sie ohne alles Deklamiren sich das Wissen, wornach sie so laut rufen, einzuthun suchen; denn kein Gesetz verbietet den Frauen, zu studiren, was sie wollen, ohne daß es hiezu der Theilnahme an den Collegien der Studenten bedarf. Die Frauen, welche wirklich einen so überwiegenden Beruf in sich empfunden, eine Wissenschaft sich anzueignen, haben sich auch davon nicht zurückhalten lassen. Sophie Germain zum Beispiel zeichnete sich durch ihre Kenntnisse in der Mathematik aus; aber es wäre thöricht, deßhalb, weil sie eine solche Neigung und Anlage hatte, alle Frauen zu Mathematikern machen zu wollen. — Frau Lenngren war ein ausgezeichnetes Talent, aber dieß hinderte sie nicht, auch eine ausgezeichnete Frau zu werden. — Siehst Du, mein Kind, ich habe noch niemals eine bestimmte und überwiegende Anlage gesehen, welche nicht trotz aller Schwierigkeiten sich einen Weg gebahnt und Gelegenheit zur Entwicklung geschaffen hätte. Aber auf dergleichen außerordentliche Fälle kann man unmöglich die Erziehung gründen, denn auch als Künstlerin oder Gelehrte ist die Frau immer dem Naturgesetz unterworfen, welches in ihre Seele geschrieben ist, nämlich daß sie eines Tages ihr Herz an einen Mann hängt und Gattin wird. — Dann aber, Thekla, wäre es übel mit ihr bestellt, wenn sie diesen ihren Platz nicht auszufüllen vermöchte."

„Ach, Mama, es ist ein wahrer Genuß, Dich sprechen zu hören. Du entwickelst mit erstaunlicher Klarheit das, was wahr und recht ist; aber laß'

uns einen Augenblick bei diesem Gegenstand verweilen, welcher für eine jede Frau von einem niemals sich abschwächenden Interesse sein muß. Sage
Du mir, welche mit so bewundernswerther Sorgfalt
über uns gewacht und unsere Kindheit geleitet hat,
nach welchen Prinzipien Du handeltest; denn Du
hast uns eine umfassendere Bildung gegeben, als
Mädchen gewöhnlich besitzen., und uns zugleich bei
Zeiten gelehrt, das häusliche Leben hochzuschätzen,
mit Bedacht auf den Nutzen der Sparsamkeit zu
halten und den Werth des Geldes einzusehen. Ich
erinnere mich noch sehr lebhaft, wie ich noch als
kleines Kind Namenstags-Gratulationen malte und
Verse mit großen Buchstaben darauf schrieb, wie
stolz ich war, daß ich damit einen ganzen Reichsthaler zusammenbrachte. Ich bildete mir ein, alle
Schätze der Welt damit erkaufen zu können. Du
ließest mich das Geld verwenden, ohne ein Wort zu
sagen, oder durch einen Rath mein Urtheil zu leiten. Aber als ich Dir mit tiefer Betrübniß erzählte,
was ich für meinen Reichsthaler gewünscht, und wie
wenig ich in Wirklichkeit dafür bekommen hatte, da
machtest Du mir klar, daß man niemals, wenn es Einem gelungen ist, eine gewisse Summe zusammenzusparen, sich einbilden darf, unerschöpfliche Mittel zubesitzen,
sondern daß man berechnen muß, wie viel man hat
und wie hoch das, was man zu erhalten wünscht,
sich beläuft, daß man darum, weil man größere Ein-
nahmen hat, nicht auch die Bedürfnisse wachsen lassen soll, sondern daß man sparen muß, um auch für
unvorhergesehene Fälle Etwas zu haben."

„Du weißt nicht, Thekla, welche süße Schmeichelei in Deinen Worten liegt, und wie glücklich ich mich darüber fühle."

„Schmeichelei?. — Nein, Mama, das ist nur die Wahrheit, was ich sage; aber theile mir nun die Grundsätze mit, nach welchen Du Dein Erziehungssystem eingerichtet hast."

„Gern. In den ersten Jahren meiner Ehe, da ich nur einen Sohn zu erziehen hatte, dankte ich Gott dafür, denn ich fühlte tief, daß ich selbst nicht die Anleitung erhalten hatte, um mit Erfolg ein Mädchen zu erziehen, so daß sie sich als Frau glücklich fühlte und ein nützliches Glied in der Kette des großen Ganzen würde. — Jahre vergingen, und während ich eifrig an meiner eigenen Erziehung und Bildung arbeitete, um für meinen Sohn eine tüchtige Führerin zu werden, verschaffte ich mir auch eine deutlichere Vorstellung von Ziel und Aufgabe des Frauenlebens. Meine Begriffe wurden klar, meine Ueberzeugung fest, und ich fühlte, daß wenn die Vorsehung mir eine Tochter gäbe, ich alle meine Kräfte aufbieten müßte, um sie zum Abbild der Idee einer Frau zu machen, wie ich diese in meiner Seele aufgestellt hatte. — Deines Vaters Tod und Deine Geburt legten mir nicht nur die Pflicht auf, euch zu erziehen, sondern ich mußte auch in ökonomischer Hinsicht und aus Vorsorge für euer Auskommen euch den erlittenen Verlust, da ihr vaterlos wurdet, ersetzen. — Ach, Thekla, selbst das Mißgeschick und die Bekümmernisse, welche auf Deines Vaters Tod folgten, waren mir von großem Nutzen, denn sie bildeten — durch die Nothwendigkeit, euch und mir zu retten, was noch übrig blieb — schnell meine Be-

dachtsamkeit aus und gewährten mir eine gewisse
Einsicht in das Geschäftsleben. — Oft habe ich seitdem bei mir selbst die Erziehung beklagt, welche die
Frauen im Allgemeinen erhalten, in Folge deren sie
bei Allem, was Geschäfte betrifft, so völlig unwissend bleiben. Hätte es der Zufall nicht so gefügt,
daß ich von ehrenhaften und achtungswerthen Männern umgeben gewesen wäre, meine Unkenntniß in
diesem Fall würde sicherlich einen vollkommenen Ruin
herbeigeführt haben. Mit dem Wenigen, was von
meines Mannes Vermögen übrig blieb und seinem
Willen zufolge meiner Disposition überlassen wurde,
übernahm ich die doppelte Verantwortlichkeit, euch
zu erziehen und euer väterliches Erbe zu verwalten,
so daß ihr den möglichsten Nutzen davon haben könntet.
— Da dieses Erbe zu klein war, um auf irgend
eine Weise eure Zukunft sicher zu stellen, suchte ich
es so anzuwenden, daß dabei der größtmögliche Vortheil für euch herauskäme. Der vornehmste Gewinn, den ihr dabei ernten könntet, war eine gute
Erziehung. Ueberdieß wurden noch zwei andere
Mädchen meiner Obhut anvertraut. Auch für sie
war ich Gott und Menschen verantwortlich, und darum suchte ich für mich selbst die Grundsätze festzu-
stellen, wornach ich handeln mußte. Wornach trachtete ich? — Euch zu Wesen zu bilden, welche auf
eine würdige Art ihre Bestimmung zu erfüllen im
Stande wären, gleichzeitig aber durch Erziehung
euch zu tugendhaften Menschen zu machen, welche
unabhängig von dem andern Geschlecht sich im Leben selbst fortbringen könnten. Ich studirte eifrig
eure ungleiche Gemüthsart, und das Resultat davon

siehst Du nun. — Olga, sich selbst oder einer ein-
seitigen häuslichen Richtung überlassen, wäre ein
höchst alltägliches Mädchen geworden, ohne Interesse
für das Allgemeine, ohne Streben nach Ausbildung
und Veredlung, ohne Auffassung ihres Berufs als
Frau, mit geringfügigen und verschrumpften Ideen,
unfähig zu begreifen, daß sie sich nach einer höheren
Lösung von dem Räthsel des Lebens, als nur mit-
telst Kochens und Nähens, umthun müsse. So wäre
Olga geworden, denn sie hat ein phlegmatisches Tem-
perament und einen Charakter, welcher allzu ruhig
ist, um sie zu lebhafter Anstrengung ihrer Seelen-
kräfte zu treiben. Ich erkannte dieß bereits, als sie
noch klein war, und darum suchte ich bei Zeiten und
mit Fleiß ihr Denkvermögen zu üben, so daß sie
durch eine unaufhörliche Thätigkeit die erforderliche
Entwicklung erhielte. Ich sah recht wohl ein, daß
ihre Neigung sich allezeit dem rein Häuslichen, und
weniger dem Intellektuellen zuwenden würde; aber
eben deßhalb suchte ich, da sie ein Kind war, flei-
ßiger ihre Gedanken zu beschäftigen, als ihre Lust
zur Handarbeit zu befriedigen, weil ich sie zu einer
guten, häuslichen, aber auch zu einer denkenden und
gebildeten Frau machen wollte. Und dieß ist mir
mit Gottes Hülfe gelungen; denn ohne daß Olga
irgend eine geistige Ueberlegenheit besitzt, ist sie doch
eine im höchsten Grad verständige Frau, im Besitz
von Bildung und erfüllt von der Neigung, ihr
Wissen zu erhalten und zu erweitern, welche sie jetzt
zu einer liebenswürdigen Gesellschafterin macht und
zugleich später zu einer arbeitsamen und klugen
Hausmutter machen wird."

„Sparsam und umsichtig ist Olga auf jeden Fall, aber —"

„Aber was?"

„Aber allzu lau."

„Das ist wahr. Olga fühlt minder heftig als Du; — aber sie ist aus Vernunft, aus Ueberzeugung, aus Begierde, ihren Beruf gewissenhaft zu erfüllen, ebenso im Stande, das Rechte zu thun, wie Du es aus Enthusiasmus bist. — Elma dagegen war ein Kind der Freude, dessen frischer und leichter Sinn niemals gelernt hätte, an irgend einer Arbeit oder geistigen Anstrengung Gefallen zu finden, sondern wohl zufrieden gewesen wäre, den ganzen Tag zu spielen und jedem Nachdenken selbst von mindester Dauer auszuweichen. Sie war schwerer zu erziehen als Olga, weil kein Zwang, kein Gesetz, wie streng es auch gewesen wäre, etwas Anderes, als eine Weckung ihres Widerwillens gegen jede ernste Beschäftigung ausgerichtet hätte. Man mußte spielend ihr Kenntnisse beibringen, im Spiel sie beschäftigen, und dadurch, daß man zu ihrer Eitelkeit, ihrer Herzensgüte und ihren religiösen Gefühlen redete, es ihr zu einer lieben Pflicht machen, zu nützen, während man sie ihre heitere Anschauung, ihre goldenen Träume vom Leben als gute Begleiter auf dem Pfade desselben behalten ließ. Während ich auf solche Weise mich in ihre Gemüthsanlage versetzte, gelang es mir, ihren leichten Sinn an eine ernste Thätigkeit zu heften, weil sie singend und tanzend lernte, was sie lernen sollte. Erinnerst Du Dich zum Beispiel noch, wie schwer es ihr wurde, die Geographie

zu lernen, und wie naiv sie erklärte, sie frage gar
nichts darnach, ob der Welttheil, den sie bewohne,
Amerika oder Europa hieße, und es komme ihr ganz
gleichgültig vor, ob sie das wüßte oder nicht."

„Ja, ich erinnere mich dessen noch recht wohl,
und wie Du da sagtest, Du wolltest sie eine Woche
lang von dem Unterricht in der Geographie dispen-
siren. Am Abend erzähltest Du uns dann eine Geschichte von einem Mädchen, welches, wie Elma, sich
zu lernen geweigert hatte, was jeder gebildete Mensch
wissen muß, und wie sie im herangewachsenen Alter
zum Gegenstand allgemeinen Gelächters wurde, als
sie einst sagte, Oesterreich sei in Wien gelegen."

„Ja, und diese Erzählung und Eugens Versiche-
rung, sie würde einst auch eine so kluge Dame, wie
jenes Mädchen werden, machte auf Elma einen solchen Eindruck, daß sie schon am folgenden Tag sich
auf die Geographie warf. Jeder Zwang wäre für
ihren frohen Sinn unerträglich gewesen und würde
abstumpfend gewirkt haben; darum mußte ich sie auf
solche Weise zur Arbeitsamkeit anleiten und zu einem
klaren Bewußtsein von dem Nutzen des Wissens
führen."

„Und auch mit ihr ist es Dir gelungen. Was
für ein unbeschreiblich liebenswürdiges Wesen ist
nicht Elma geworden. Selbst die Freude und Seele
des Hauses, ist es, als ob sie nur zu ihrer eigenen
Unterhaltung arbeitete, und wenn sie in ihrer häuslichen Beschäftigung begriffen ist, sieht es aus, als
ob sie nur zu ihrem Vergnügen sich damit abgäbe.
Alles athmet bei ihr nur Fröhlichkeit und Lebens-

luſt, und dennoch, wie unermüdet thätig iſt ſie dabei nicht!"

„Gott iſt ſehr gnädig gegen mich geweſen, daß er meine Arbeit ſo gute Früchte tragen ließ."

„Noch haben wir nicht geſehen, ob alle Früchte gut werden; denn ich bin noch übrig," bemerkte Thekla und ſtützte nachdenklich den Kopf auf die Hand.

Nach einer Pauſe ſetzte ſie hinzu:

„Laß mich die Grundzüge in meinem künftigen Gemüth ſchildern und ſelbſt die Motive für Deine Behandlungsweiſe darzuthun ſuchen. Ich war ein nicht ſehr liebenswürdiges Kind, neidiſch, mißtrauiſch, ſchwermüthig, mit wunderlichen Ideen, einer allzu frühreifen Denkfertigkeit und dem ausſchließlichen Verlangen, meinen Verſtand zu beſchäftigen, behaftet. Was ich nicht begriff, intereſſirte mich nicht. Ich träumte mehr, als ich handelte, und fand alle körperliche Arbeit für die Dauer langweilig."

„Ja, Du hatteſt die Gemüthsart und die Neigungen eines Knaben. Du hatteſt einen männlichen Verſtand erhalten und fühlteſt nur Luſt zu männlichen Beſchäftigungen; und obwohl Du daneben ein weiches Herz und eine leidenſchaftliche Hingebung beſaßeſt, legteſt Du doch eine Charakterfeſtigkeit und Hingebung an den Tag, welche, wenn ſie unbehindert ſich hätte entwickeln können, Dich zu einer höchſt unweiblichen Frau gemacht haben würde."

„Deßhalb ging Deine ganze Erziehung darauf hinaus, mein gutes Herz zum Führer für meine Handlungen zu machen? Wenn ich mich widerwillig zeigte, redeteſt Du mit mir auf eine Weiſe, daß meine Abneigung verſchwand, und es blieb dann

nur noch ein Wunsch zurück, der nämlich, Dir Freude
zu machen. Du brachtest mir bei, daß ich nähen
lernen müßte, daß ich keine Frau wäre, wenn ich nicht
einen Haushalt zu führen verstände, und für jede
weitere Beschäftigung, zu der ich mindere Neigung
verspürte, aber auf Deine liebevollen Bitten mich
hergab, wußtest Du mir immer Etwas zum Lohne
zu schenken, so daß ich mit wirklicher Freude und
Lust Alles that, was Du von mir haben wolltest,
und am Ende selbst an häuslichen Geschäften und
Nähereien Geschmack fand. Du brachtest mir eine
so verständige Ansicht von der Handarbeit dadurch
bei, daß Du mir zeigtest, auch sie sei ein Mittel zu
künftiger Versorgung, und ich wüßte jetzt keine Beschäftigung, welche mir zuwider wäre. — Aber damit
ist noch nicht gesagt, daß ich alles das bin, was
Du aus mir machen wolltest."

„Doch, mein Kind, Du bist wirklich viel mehr geworden, als ich hoffte. Du bist ein gutes und edles
Mädchen, welches mit Kraft seinen Fehlern entgegen-
arbeitet, und zu gleicher Zeit ein in moralischer und
intellektueller Hinsicht reich begabtes Mädchen, welches, wie auch das kommende Leben sich gestalten
möge, die von Gott geschenkten Gaben zu eigenem
und Anderer Nutzen anwenden wird."

„Ach, Mutter, wie tief gerührt und dankbar bin
ich für dieses Lob von Dir, die Du selbst so hoch
über Allen stehst, die ich kenne."

Thekla warf sich ihrer Mutter an die Brust und
eine warme und innige Umarmung war der Schluß
dieses Gesprächs.

XV.

Wieder verging einige Zeit. Thekla's Benehmen gegen den Kapitän war seit der oben erwähnten Unterredung zwischen ihnen weniger schüchtern geworden; er selbst zeigte sich gleichfalls herzlicher gegen sie. Er behandelte sie nicht mit einer kalten Freundlichkeit, sondern es lag zuweilen etwas wirklich Zärtliches und Väterliches in dem Ton, womit er in seinen Gesprächen ihr einen Theil seines eigenen Wissens beibrachte.

Thekla's Bewunderung ging auf diese Weise in eine wahre Zuneigung über, und die Lektionen in Warnäs wurden zu einem Gegenstand der Sehnsucht für sie.

So war man wieder mitten in den Sommer hineingekommen. Olga und ihr Mann wurden zu Warnäs, und Eugen zu Ackersberg erwartet. Karl und Olga kamen auch wirklich an; aber Eugen schrieb, er habe einen sehr vortheilhaften Auftrag erhalten und sei dadurch verhindert, einen Sommerbesuch daheim zu machen.

Elma war tief betrübt. Sie hatte sich so innig darauf gefreut, ihn nach einer Trennung von anderthalb Jahren wieder zu sehen. Aber mit ihrer gewöhnlichen Leichtigkeit, die Sorgen von sich abzuschütteln, begann sie sogleich daran zu denken, was für ein Fest es nun auf Weihnachten geben würde, wo er doch nothwendig nach Hause kommen müßte.

Wenn bei ihr eine Hoffnung zu nichte wurde,

hatte sie sogleich eine andere zur Hand, um ihr Herz daran zu hängen, und darum behielt sie stets ein so reines und kindliches Vertrauen zu Gott und hegte so wenig Furcht vor der Zukunft.

Kurz nach dem Johannisfeiertag, als Olga und ihr kleiner Knabe vom Morgen bis zum Abend in Ackersberg verweilten, saßen Olga und Thekla außen bei einander im Hofe. Elma war ausgegangen, einen Kranken zu besuchen, und Nina hatte Etwas mit Debora zu schaffen.

„Du siehst Eugen sehr oft?" fragte Thekla.

„Ja, er ist fast täglich eine Weile bei uns. Du kannst Dir nicht vorstellen, Thekla, wie gut er aus-sieht; er ist ein thätiger und gesetzter Mann gewor-ben; aber arbeiten muß er auch von Herzens Grund, um seiner Studentenschulden los zu werden, wofern es mit seinem Wohlgefallen an Sophie K., des Ma-jors Tochter, nicht Ernst würde."

„Hat Eugen eine Neigung für Fräulein K. ge-faßt?" rief Thekla; — „das ist nicht möglich."

„Und warum nicht, liebe Thekla? Sie ist un-gewöhnlich schön und liebenswürdig, und dabei sehr reich. Ich meines Theils bin der Meinung, es wäre ein wahres Glück, wenn es sich so verhielte."

„Wie kannst Du so reden, Olga! Denkst Du denn nicht an Elma?"

„An Elma? Aber was in aller Welt hat Elma damit zu schaffen? Sie hängt an Eugen, wie Du und ich, und muß sich doch über Alles freuen, was ihm Glück bringt," antwortete Olga.

„Nein, Olga, Elma liebt Eugen, und die Hoff-nung, eines Tags seine Gattin zu werden, macht

7*

ihre ganze Zukunft aus. Von dieser Hoffnung hängt ihr ganzes Glück ab."

„Das wäre recht betrübt, wenn es sich so verhielte; denn diese Hoffnung wird niemals verwirklicht, und es wäre sogar thöricht, wenn Elma sie länger nährte. — Ich will ihr darum sagen, wie vortheilhaft eine Verbindung mit Sophie K. für seine Zukunft wäre, so daß Elma, wenn sie ihn wirklich lieb hat, ihre kindischen Erwartungen seiner wahren Wohlfahrt zum Opfer bringen muß."

„Liebe Olga, was Du da redest! Glaubst Du, daß irgend ein Mädchen ohne Schmerz und Trauer von dem Mann, den sie liebt, sich betrogen sehen kann? — Uebrigens steht Eugen nicht einmal das Recht zu, so zu handeln, wie er thut. Er hat einmal das Gelübde der Treue mit Elma gewechselt, und seine Pflicht ist, dieses Gelübde heilig zu halten."

„Wahr; aber siehst Du, Thekla, das ist ein kindischer Traum, dem sich Elma niemals mit Ernst hätte hingeben sollen, denn sie konnte doch auf die Wahrscheinlichkeit rechnen, daß er, einmal mit der Welt in Berührung kommend, Mädchen, die Elma in jeder Beziehung überlegen sind, kennen lernen und dann an Elma keinen Geschmack mehr finden würde."

„Aber Du selbst, als Du auf Karl wartetest, räumtest Du da der Vernunft Sitz und Stimme neben Deinem Herzen ein und brachtest Du die Möglichkeit in Anschlag, daß Du von ihm betrogen werden könntest?"

„Ja, das that ich," antwortete Olga ernst. „Ich sagte immer zu mir selbst: er kann vielleicht ein Mädchen sehen, das seiner Liebe würdiger ist, als

ich, und im Fall dieß geschieht, darf ich ihn der
Treulosigkeit nicht anklagen."

„Aber das traf nicht ein."

„Nein, und dafür danke ich Gott; aber das darf
mich nicht hindern, Elma darauf aufmerksam zu machen, wie thöricht es ist, seine ausschließliche Hoffnung auf etwas so Vergängliches, wie die aus der
Kindheit stammende Neigung eines jungen Mannes
zu bauen. Sie verdunstet gewöhnlich, wenn er hin-
auskommt und von der Welt und den Menschen mehr
zu sehen Gelegenheit findet."

„Höre mich, Olga," sagte Thekla und legte ihren
Arm um den Hals der Pflegschwester; „Du mußt
mir versprechen, von dieser Neigung, welcher dem
Gerücht zufolge Eugen sich hingegeben hat, weder
Elma noch Mama ein Wort zu sagen. Elma würde
der bloße Gedanke an eine solche Treulosigkeit so
tief schmerzen, daß zu befürchten stände, die Elasti-
cität ihres Geistes möchte dadurch gebrochen werden.
Mama dagegen würde hierin Etwas erblicken, was
sie mißbilligte, und was ihr Kummer bereitete, da
Eugen sich damit als einen leichtsinnigen und ge-
wissenlosen Menschen bezeigen würde. — Alles kann
ja ein leeres Gerücht sein, und warum sie betrüben,
ehe man Gewißheit über den wahren Sachverhalt
hat?"

„Aber —"

„Olga, geliebte Olga, glaube mir, es ist das Beste,
so zu thun, wie ich es von Dir haben will. Ich
kann nicht ohne Schmerz mir den bittern Eindruck
denken, welcher Elma's jetzt so lächelnden Lebens-
himmel verdunkeln würde."

„Ist es denn beſſer, daß ſie fortwährend eine
Illuſion nährt, welche früher oder ſpäter durch die
Wirklichkeit verdrängt wird?"

„Nein, das will ich nicht behaupten; aber wir
müſſen zuerſt wiſſen, ob es wahr iſt, daß Eugen
die Liebe ſeiner Knabenjahre vergeſſen hat. Sofern
er Dir ſein Wohlgefallen an Fräulein K. nicht anvertraut hat, ſteht uns das Recht nicht zu, ſo ſchlecht
von ihm zu denken."

„Eugen ſelbſt hat niemals davon geſprochen,
und als ich ihn einmal fragte, bat er mich, meine
Phantaſie nicht mit dergleichen Vorſtellungen zu beſchäftigen; aber er wechſelte die Farbe und ſah verlegen aus. Später ſah ich ihn in Geſellſchaft mit
der Familie von Major K. im Theater, und auch
verſchiedene Male zu Hauſe bei ihnen, und da bewies er Sophie K. eine ſo lebhafte Aufmerkſamkeit,
daß ich keinen Augenblick an den Wünſchen ſeines
Herzens zweifelte. Was dagegen Sophie betrifft,
ſo macht ſie aus ihrer Neigung zu Eugen gar kein
Geheimniß; dieſelbe leuchtet vielmehr durch all ihr
Reden und Thun hindurch. Wenn er zugegen iſt,
ſieht und hört ſie nur ihn; entfernt er ſich, ſo iſt
ſie ohne Intereſſe für alles Andere."

„Armes Mädchen! — Eugen thut ſehr übel
daran, wenn er durch ſeine Aufmerkſamkeiten ein
ſolches Gefühl bei ihr unterhält, da er weiß, daß er
durch Herz und Ehre an Elma gebunden iſt. Ver-
ſprich mir indeſſen, nicht eher Etwas zu ſagen, als
bis ich an Eugen geſchrieben und Antwort·von ihm
erhalten habe."

„Das verſpreche ich."

In diesem Augenblick zeigte sich Elma, frisch, lächelnd und strahlend wie der klare Sonnenhimmel unter der Gitterthüre.

„Denke Dir dieses Angesicht, bleich von Kummer, diese Augen getrübt von Thränen, ohne Glanz und ohne den Ausdruck von Freude und Frohsinn, und sage mir, ob Du das Herz hast, die Spuren von Betrübniß auf diesem heitern Angesicht hervorzurufen?" fragte Thekla.

„Wollte Gott, daß es auf mich ankäme! Dann würde Elma niemals die Sorge kennen lernen; aber ein Glück, welches auf Illusionen beruht, ist kein Glück."

„Wovon sprecht ihr da?" fragte Elma auf sie zukommend.

„Von Illusionen," antwortete Olga. — „Ich finde sie gefährlich, aber Thekla nimmt Partei dafür."

„Ich halte es mit Thekla und spreche mit dem Dichter:

Was ist's, wenn auch der Irrthum mich bethört,
Wenn er das Leben mir nur glücklich macht."

„Du liebst also den Irrthum?"

„Ja, im Fall er mich Glauben und Hoffnung behalten läßt. Der Freund, welcher mir die Wirklichkeit ohne diese beiden Schätze zeigen und mir beweisen wollte, daß ich mit meinem Glauben an das Gute und mit meiner Hoffnung auf die Zukunft Unrecht hätte, würde mir einen sehr schlechten Dienst leisten."

Thekla sah Olga an, welche einen Seufzer unterdrückte und dem Gespräch eine andere Wendung gab.

Elma nahm wieder das Wort:

„Karl und ich, wir begegneten einander nicht
fern von Even Eriks Hütte, und er begleitete mich
eine Strecke weit, aber kam nicht mit hieher, weil
er versprochen hat, Onkel Eduard bei dem Probst
zu treffen. Auf den Abend werden sie sich hier ein=
finden."

„Das ist schön, daß der Onkel auch mitkommt,"
sagte Olga.

„Wißt Ihr, Mädchen, was Karl mir erzählte?"
fragte Elma, während sie den Hut abnahm und die
Locken von der Stirne strich.

„Nein."

„Erräthst Du es nicht, Olga?" forschte Elma
weiter.

„Dein heiteres Aussehen gibt mir keine An-
deutung."

„Gut; das will also sagen, wenn ich traurig
ausgesehen hätte, würdest Du es errathen haben. —
Nein, meine liebe Schwester, es bedarf wirklich mehr
als eines leeren Gerüchtes, um meinen Glauben zu
Fall zu bringen."

„Nun, was erzählte denn Karl?" fragte Thekla.

„Er erzählte, Eugen sei in Fräulein Sophie K.
verliebt. Könnt Ihr euch etwas Närrischeres denken?"

„Was liegt denn Närrisches darin? Sophie K.
ist sehr schön," antwortete Olga.

„Recht wohl; aber das ändert an der Lächer-
lichkeit einer solchen Behauptung Nichts, und Derjenige, welcher daran glaubt, kennt Eugen nicht. Ich
könnte darauf leben und sterben, daß das Gerücht

ebenſo viel Grund hat, wie jenes, welches mich in
den Hüttenwerksbeſitzer Aſtröm verliebt ſein ließ."

„Aber iſt es Dir niemals in den Sinn gekommen, daß Eugen möglicher Weiſe eine Andere, als
Dich, lieben könnte?" fragte Thekla.

„Nein, warum ſoll ich mir eine Unmöglichkeit
vorſtellen? Ich würde ja damit nur mich ſelbſt quä-
len, mir das Leben verbittern und ihm Unrecht thun.
Mißtrauen gegen den Mann, den man liebt, iſt ein
Beweis von der Unvollkommenheit unſerer eigenen
Gefühle. — Auf wen in der Welt ſollen wir ver-
trauen, wenn nicht auf den, welchem wir unſere
Liebe geſchenkt haben?"

„Das iſt wahr; aber es geſchieht oft, daß man
gerade von dem betrogen wird, den man liebt."

„Ja, und dann bricht das Herz, und dann —
ſtirbt man," ſagte Elma mit einem milden und weh-
müthigen Lächeln.

„Man ſtirbt nicht vor Kummer," ſagte Olga.

„Nicht Alle ſterben vor Kummer; aber die, welche,
wie ich, ein unbegrenztes Vertrauen hegen, die ſterben, wenn ſie auf den Betrug nicht vorbereitet ſind."

„Du würdeſt alſo ſterben, wenn Eugen Dich be-
tröge?"

„Ja, ich würde ſterben, im Fall ich die Gewißheit davon erhielte. Ich würde ſterben, darum, weil
ich nicht leben könnte; — aber Eugen wird mich
nicht betrügen."

XVI.

Der folgende Posttag brachte keinen Brief an Elma, und sie dachte einen Augenblick: „seine Briefe kommen jetzt sehr selten!"

Zugleich mit diesem Gedanken erwachte auch die Erinnerung an das Gerücht, wovon Karl sie in Kenntniß gesetzt hatte, und über ihr heiteres Gemüth legte sich gleichsam ein schwerer Schleier.

„Das Mädchen soll ja sehr schön und liebenswürdig sein. Eugen ist täglich mit ihr zusammen, und es wäre ja doch nicht unmöglich, daß er mich vergäße," dachte Elma, und dabei rollten einige Thränen über die rosigen Wangen herab; wurden aber ebenso schnell wieder getrocknet, und glaubens- und hoffnungsvoll wieder lächelnd, sprach sie bei sich selbst: „Nein, Du thust ihm Unrecht; er kann Dich nicht vergessen."

Dabei schüttelte sie mit dem Kopf, als ob sie alle traurigen Gedanken von sich abthun wollte.

Am folgenden Posttag kam allerdings ein sehr freundlicher, aber ganz kurzer Brief an Elma. Sie seufzte über den unbedeutenden Inhalt, als aber Thekla bemerkte: „Es ist zum Verwundern, wie kurz Eugens Briefe geworden sind," da antwortete Elma entschuldigend: „Er hat so viel zu thun."

Und so ging es den ganzen Sommer fort. Eugen schrieb selten, und wenn er schrieb, so hatte er stets große Eile, aber seine Briefe waren alle herzlich, voll Anhänglichkeit und voll Sehnsucht nach der

lieben Heimath. Zuweilen fand sich auch in dem
Brief an Elma Etwas, das ihr allzu brüderlich vorkam und sie immer auf eine halbe oder Viertelstunde
in üble Laune versetzte; aber ihr eigenes reines und
treues Herz verwarf jeden Gedanken, daß er ihr untreu werden könnte.

Den ganzen Sommer über hatte Lieutenant H.
auf Hellefors, der einzige Sohn des reichen Besitzers
von diesem stattlichen Gute, häufig Besuche auf
Akersberg gemacht, und man flüsterte allgemein,
Elma werde zuverläßig die Frau des jungen Mannes werden.

Alle Mütter, welche heirathsfähige Töchter hatten, ärgerten sich darüber, und die Töchter waren
unermüdlich, Fehler an Elma aufzufinden, welche,
unbekannt mit dem Verdruß, den sie erweckte, sich
stets freundlich und heiter in der Gesellschaft des
jungen Mannes zeigte.

So verging die Zeit, und man befand sich im
Anfang Septembers. Olga und Karl sollten in einigen Tagen abreisen, weshalb Elma sich Thekla, als
dieselbe nach Warnäs ging, anschloß, um noch den
ganzen Tag bei der Schwester zuzubringen.

Als Thekla den Unterricht mit Sally geschlossen
hatte und im Begriff war, das Arbeitszimmer zu
verlassen, um sich zu Olga zu begeben, trat der
Kapitän ein. Er sah ungewöhnlich ernst aus.

„Ich wünschte, einige Worte allein mit Ihnen
zu sprechen, Thekla," sprach er; „wollen Sie nicht
mit mir in die Bibliothek kommen?"

Thekla folgte ihm mit einem etwas unruhigen

und beinahe furchtſamen Ausdruck im Geſicht. In
der Bibliothek angelangt, fanden ſie Elma daſelbſt.

Der Kapitän runzelte ein wenig die Stirne, aber
dieſer Ausdruck des Mißvergnügens verſchwand ebenſo ſchnell, als er gekommen war, und er ſagte:

„Ich wünſche einige Worte mit Thekla zu ſprechen; entſchuldige deßhalb, liebe Elma, wenn ich ſo
unhöflich bin, Dich zu bitten, dieſes Zimmer auf eine
Weile zu verlaſſen, und werde mir wegen dieſes
Mangels an Artigkeit nicht böſe.“

„O, eine ſo unartige Aufführung nehme ich Ihnen, Onkel, ſehr übel,“ erwiederte Elma lachend und
hüpfte aus dem Zimmer.

„Sie verwundern ſich ohne Zweifel über die vielen Umſtände, womit ich zu Wege gehe; aber ich
habe wirklich ein ernſtes Wort mit Ihnen zu reden.
Setzen Sie ſich alſo, mein Kind.“

Der Kapitän ſchob bei dieſen Worten Thekla
einen Fauteuil hin und nahm ſelbſt ihr gegenüber
Platz.

„Die Sache iſt die, daß ich von meinem Verwandten, Major K., in deſſen Haus Eugen ſich be-
findet, einen Brief erhalten habe und durch dieſen
Brief mich wirklich in Verlegenheit geſetzt ſehe. —
Aber ſagen Sie mir, welcher von Ihnen beiden,
Elma oder Thekla, der junge H. ſeine Huldigung
darbringt?“

Der Kapitän ſtützte die Stirne auf die Hand,
ſo daß die Augen dadurch verdeckt wurden. Hinter
dieſem improviſirten Schirm konnte er Thekla fixi-
ren, welche bei dieſer Frage lebhaft erröthete.

„Ich verſtehe nicht, was Sie mit der Huldigung

meinen," stammelte Thekla, die scheinbar keine große
Lust hatte, diese Frage zu beantworten.

„Nicht? — das ist viel. Kann einem Mädchen
von neunzehn Jahren die Bedeutung dieser Worte
fremd sein?"

„Ich sagte, was hier damit gemeint wäre,"
erwiederte Thekla, indem sie hastig den Kopf erhob
und den Kapitän, dessen ironische Worte sie reizten,
einen zornigen Blick zuwarf.

„Nun wohl, in welche von Ihnen ist er verliebt? das ist doch deutlich."

„Sehr deutlich, aber die Frage kann nur er
selbst beantworten."

„Wirklich, und Sie haben sein Geheimniß noch
nicht errathen?"

„Ich beschäftige mich niemals mit den Heimlich-
keiten Anderer!"

„Hören Sie, jetzt antworten Sie nicht ehrlich
und so wie Sie einem Freunde gegenüber thun
sollten," fuhr der Kapitän in wohlwollendem Tone
fort.

„Ein Freund weiß, wenn er zartfühlend ist, daß
es Fragen gibt, die man nicht immer mit einem
einfachen Ja oder Nein beantworten kann."

„Das ist wahr, und zu der Zahl solcher Fragen
gehört die, ob ein junges Mädchen einen jungen
Mann liebt. Zu einer Frage solcher Art ist ihrer
Meinung nach nur derjenige, den sie liebt, berech-
tigt, und nur ihm gibt sie eine Antwort darauf."

Wiederum war seine Stimme ironisch, beinahe
bitter.

„Es war nicht die Frage, wen ich liebte; diese

Frage würde ich ganz aufrichtig beantwortet haben. Sie fragten, wer der Gegenstand von der Aufmerksamkeit des Lieutenants H. wäre, und dieß kann ich natürlich nicht wissen, da ich nicht seine Vertraute bin — und wenn ich es wäre, so besäße ich doch nicht das Recht, sein Vertrauen zu verrathen.“

„Sie wollen mir also meine Frage nicht beantworten?“

„Ich kann nicht.“

„Gut, so behalten Sie Ihr Geheimniß für sich; ich will mich nicht in dasselbe eindrängen.“

„Ich habe kein Geheimniß zu behalten.“

„Wie Ihnen beliebt. Wollen Sie mich auch nicht darüber aufklären, wie weit es zwischen Elma und dem Lieutenant H. gekommen ist? Ich mache diese Frage nicht aus Neugierde, sondern weil ich wissen möchte, auf welchem Fuße sie und Eugen mit einander stehen.“

„Zwischen Elma und dem Lieutenant H. ist es zu gar Nichts gekommen. Ihr Herz ist Eugen allzu sehr ergeben, als daß es sich von einem andern fesseln ließe.“

„Besser, wenn es anders wäre; denn so stände sie nur seinem Glück im Wege. Die Sache verhält sich so, daß des Majors Tochter eine heftige Zuneigung für ihres Bruders jungen, schönen und liebenswürdigen Lehrer gefaßt hat. Major K. ist ein sehr reicher Mann mit nur zwei Kindern, und nun schreibt er mir und begehrt Aufklärung über Eugens Verhältnisse in der Heimath und bittet mich, ihn wissen zu lassen, ob Eugen hier irgend eine zärtliche Verbindung habe, weil er, der Major, im

Fall Eugen frei wäre, ihm seine Tochter zur Frau geben würde. — Sagen Sie mir nun, auf Ihr Gewissen, was soll ich Major K. antworten?"

„Eugen habe schon vor anderthalb Jahren seine Liebe und seine Treue einem so guten und edeln Mädchen geschenkt, daß er allen andern Reichthum wohl missen könne," erwiederte Thekla heftig.

„Aber Thekla, wissen Sie denn gewiß, daß Eugen dieser Jugendliebe treu geblieben ist? Karl behauptet das Gegentheil."

„Eugen hat nicht Alles, was die Ehre gebietet, so weit vergessen können," rief Thekla, aber mit einem Stich im Herzen erinnerte sie sich an die unbestimmte und seltsame Antwort, auf den Brief, worin Thekla ihn über seine Neigung zu Fräulein K. befragt hatte. Die Antwort war gewesen: „man könne sich für ein junges Mädchen interessiren, ohne in sie verliebt zu sein; er habe niemals nur einen Augenblick die Absicht gehabt, sein Elma gegebenes Wort zu brechen, und begreife deßhalb nicht, warum Thekla in so feierlichem Styl an ihn schriebe u. s. w.

„Sie sind ein Kind, Thekla, und verstehen allzu wenig von den Geheimnissen, welche im Menschenherzen vorgehen, wenn Sie davon reden, er werde sich durch die Ehre abhalten lassen, zu lieben. — Nein, diese kann ihn höchstens vermögen, seine Liebe aufzuopfern und aus Pflichtgefühl Elma die Hand zu reichen; ob ihr aber an der Seite eines Mannes, der, ohne Liebe, nur aus Ehrgefühl seinem Gelübbe treu blieb, ein Glück erblühen könnte, das lasse ich dahin gestellt sein."

„Dann hat also ein Mensch das Recht, unter

dem Vorwande, daß er über seine Gefühle nicht
gebieten könne, das Herz eines Andern zu zermal-
men? Das ist eine abscheuliche Lehre, welche mit
dem, was Eugen von Kindheit auf gelernt hat,
nicht übereinstimmt. — Ich will nicht so schlecht
von meinem Bruder denken, daß er derselben huldigen könnte."

„Er wird ihr nicht huldigen, aber wider seinen
Willen sich unter die Leidenschaft beugen. Bedenken
Sie überdieß, daß diese Heirath mit einem Mal
Eugen unabhängig macht. Sie wissen nicht, wie
tief er sich als Student in Schulden gesteckt hat,
und wie diese Schulden noch heute sich ihm anhän-
gen und auf manches Jahr hinaus seine Unabhängigkeit erschweren und ihm die Möglichkeit benehmen,
Elma als seine Frau heimzuführen. Unter der Zeit
können auch ihre Gefühle sich ändern, und der Lohn
für seine Aufopferung könnte der sein, daß er sich
betrogen sieht."

„Elma betrügen! Elma ihre Neigung ändern
und ihrer Liebe zu Eugen untreu werden! — Unmöglich! Er macht ihr ganzes Leben aus, und ein
Betrug von ihm wäre hier so viel wie ein Mord.
O! ich würde es ihm niemals verzeihen! Und unsere Mutter, wie glauben Sie, daß dieselbe eine
solche Handlung von ihrem Sohn ansehen würde?
— Glauben Sie mir, eine so ehr- und gewissen-
lose Handlung von dem Sohne, in dessen Herz sie
von Kindheit auf Ehre und Treue zu pflanzen gesucht hat, würde ihr den größten Kummer bereiten
und ihr Leben um Jahre verkürzen.

„Ich muß also Major K. antworten, daß Eugen
verlobt ist," sagte der Kapitän.

„Ja, weil es die Wahrheit ist! — im andern
Fall würden Sie wie ein Mann ohne Ehre handeln."

„Brav gesprochen, Thekla! Ich erwartete nichts
Anderes, als diese würdige Vertheidigung der Interessen Ihrer Pflegeschwester, und Alles, was ich
im Widerspruch mit Ihnen gesagt habe, hatte seinen
Grund nur darin daß ich sehen wollte, welche Gefühle in Ihrer Brust die herrschenden wären. — Ich
versichere Sie, daß ich, schon ehe ich mit Ihnen
redete, meinen Entschluß gefaßt hatte; denn ich bin
scharfsinnig genug und so weit mit dem menschlichen
Herzen bekannt, um gesehen zu haben, daß Elma
Eugen von ganzem Herzen zugethan ist, und daß
Lieutenant H. Sie liebt und auch Hoffnung hat,
eines Tages wieder geliebt zu werden."

Der Kapitän hatte sich erhoben. Thekla war
seinem Beispiel gefolgt. Sie stand jetzt vor ihm,
ruhig dem beinahe scharfen Blick begegnend, welchen
er auf sie heftete, und sprach:

„Hat diese Ihre Menschenkenntniß Ihnen gesagt, daß ich eines Tags den Lieutenant H. lieben
werde?"

„Ja!"

„Dann hat Ihre Menschenkenntniß Ihnen einen
schlimmen Streich gespielt," entgegnete Thekla ernst.

„Ist das gewiß?"

„Ja, vollkommen," antwortete Thekla und wollte
gehen.

„Einen Augenblick! Ich bitte."

Der Kapitän faßte ihre Hand und hielt sie fest.

„Ich wünsche, daß dieses Gespräch ein Geheimniß zwischen Ihnen und mir bleibe.“

„Das verspreche ich.“

„Und ich verspreche, es so einzurichten, daß Eugen nicht in Versuchung geführt werden soll, diejenige zu vergessen, welche er hier zurückgelassen
hat.“

„Ich danke Ihnen! Ich habe auch nicht einen
Augenblick daran gezweifelt, daß Sie recht handeln
würden,“ antwortete Thekla mit einem Ausdruck von
Anhänglichkeit und Vertrauen.

„Dank für diese Worte.“

Ehe Thekla wußte, wie es geschehen war, hatte
der Kapitän ihre Hand geküßt. Das junge Mädchen erröthete und sah so bestürzt aus, daß Eduard
sich der lächelnden Frage nicht erwehren konnte:

„Sind Sie erschrocken?“

„Ja,“ antwortete Thekla ganz aufrichtig.

„Und warum? — Man küßt nur der Frau
die Hand, welcher man seine Hochachtung schenkt.“

„Aber ein geringes Mädchen, wie ich bin, läßt
sich die Hand nicht von dem küssen, der ihrer Ansicht nach so hoch über allen Andern steht, und an
dessen Seite sie sich so ganz und gar unbedeutend
vorkommt. Dies ist das Gefühl, welches mich er-
schreckte.“

„Sie halten mich vielleicht für zu alt, um
einem neunzehnjährigen Mädchen die Hand zu
küssen?“

„Nein. Ich habe Sie niemals für alt gehalten; Sie kommen mir im Gegentheil viel zu jung

an Jahren vor, wenn ich an Ihre große intellektuelle Ueberlegenheit denke."

„Sie hätten also gewünscht, daß ich ein völliger Greis wäre?"

„Ach nein, es ist ganz recht so, wie es ist; aber auf alle Fälle würde meine Bewunderung dieselbe geblieben sein."

XVII.

Einige Augenblicke, nachdem Thekla die Bibliothek verlassen hatte und während der Kapitän noch auf demselben Punkte stand, wo er mit Thekla gesprochen, ging die Thüre auf, und ein unnatürlich bleiches Antlitz kam zum Vorschein.

Als die Eintretende sich überzeugt hatte, daß der Kapitän allein war, schlich sie sich in das Zimmer und verschloß die Thüre hinter sich.

Bei diesem Geräusch drehte sich der Kapitän um und rief, indem er ihr entgegenging:

„Elma, mein Gott, was ist geschehen, was hat Sie so erschreckt?"

„Still!" flüsterte Elma und sank auf einen Sessel, völlig außer Standes, sich aufrecht zu erhalten. Sie drückte ihre Hände auf das Herz, als wollte sie dessen Schläge hemmen, holte tief Athem und reichte dem Kapitän die Hand mit den Worten:

„Onkel, ich habe das Gespräch zwischen Ihnen und Thekla mit angehört."

„Du hast also gehorcht, mein Kind," sagte der Kapitän mit sanftem Vorwurf.

8*

„Ganz unwillkürlich. Als ich die Bibliothek verließ, begab ich mich hinunter in den Garten, um einige Georginen zu pflücken. Gerade als ich an diesem Fenster vorüber ging" — Elma deutete auf ein offenes Fenster in der Bibliothek — „hörte ich Sie Eugens Namen erwähnen. Dieß fesselte meine Füße und ich horchte."

Wieder drückte Elma die Hände auf die Brust und athmete schwer auf.

„Nun, mein Kind," sagte der Kapitän freundlich, „dieses Gespräch enthielt nichts, was Dich betrüben konnte."

„Betrüben! — das ist zu wenig. — Zermalmt hat mich jedes Wort davon; denn es hat mich mit einem Male sehen lassen, was mir niemals nur im Traume vorgekommen wäre, daß i ch — ich, die nur für Eugens Glück und Wohlfahrt leben möchte — ein Hinderniß daran werden könnte."

„Du irrst Dich."

„Nein, nein, ich h a b e mich geirrt. Ich habe mich in den holden Träumen meines Herzens eingewiegt und dabei vergessen, daß Eugen mit seinem schönen Aeußern, seinem reich ausgestatteten Geiste auf eine mir weit überlegene Frau Anspruch machen kann; — ein Mädchen, welches neben Liebe, Tugend und Schönheit ihm auch Reichthum bringen und ihn dadurch auf einmal von all dem Jammer, welchen die Armuth mit sich bringt, befreien kann. — Ach, Onkel, ich glaubte niemals, daß das Leben einen so bittern Schmerz, wie derjenige ist, den ich seit einer Stunde empfinde, in sich schlöße."

„Aber was für einen Werth hat wohl der Reich-

thum, wenn Eugen gegen die Person, welche ihm
denselben darbietet, keine Liebe empfindet?"

„Und warum sollte er sie nicht lieben?"

„Weil er Dich liebt."

„Thut er es wohl jetzt noch? Erinnern Sie sich
dessen noch, Onkel, was Sie vorhin sagten, daß die
Ehre Niemand abhalten kann, zu lieben, und was
sollte ich mit einer Treue anfangen, die sich einzig
und allein nur auf die Ehre gründet? — Nein,
mag er glücklich, reich und mächtig werden, mag er
mich vergessen, im Fall sein Herz einem würdigeren
Gegenstand zugewendet ist. Ich will und kann
jener das Glück, seine Liebe zu besitzen, niemals
streitig machen."

„Das ist Etwas, wovon wir nicht wissen, ob sie
es besitzt, und dieser edelmüthige Vorsatz, Dich auf-
opfern zu wollen, kann Eugen zum Unglück aus-
schlagen, im Fall er Dich gleich warm und treu liebt,
wie Du ihn liebst.

„Onkel, wenn er das thut, dann — dann —
mache ich sein Glück aus, und von einem Opfer
kann meinerseits nicht die Rede sein; aber ich muß
mir selbst diese Gewißheit verschaffen, da ich jedem
Andern mißtrauen würde, deßwegen bin ich zu Ihnen
gekommen, Oheim."

„Was kann ich in der Sache thun, mein Kind?
Daß Alles, was in meinen Kräften steht, geschehen
soll, darauf darfst Du Dich verlassen. Sprich offen."

„Versprechen Sie, Onkel, mir beizustehen und
meine Bitte zu erfüllen?"

„Im Fall mein Gewissen mir sagt, daß es
recht ist."

„Glauben Sie, Onkel, daß ich, von Tante Nina erzogen, Sie um Etwas bitten könnte, was Ihr Gewissen mißbilligen würde?" fragte Elma mit eblem Ernste.

„Nein, aber Du könntest aus reinem Edelmuth mich bestimmen wollen, Dir auf eine Weise bei-zustehen, welche mit Deinem Glück im Widerspruch stände."

„Es handelt sich hier nicht um mein Glück, das kommt gar nicht in Rechnung, sondern um das Eugens."

„Nun, so laß hören."

„Onkel," begann jetzt Elma und schloß flehend seine Hand in bie ihrigen, „schlagen Sie mir meine Bitte nicht ab! ich wäre bann grenzenlos unglück-lich, benn Sie würden mir ben einzigen Ausweg versperren, auf welchem ich zu der Ueberzeugung gelangen kann, ob — ob — Eugens Gefühle un-verändert sind. Bedenken Sie, daß es noch weit mehr ist, als mein Leben, um bas ich Sie bitte."

„Nun wohl, es geschehe Dein Wille, armes Kind, ich will thun, was Du von mir begehrst," antwor-tete der Kapitän.

„Ich banke Ihnen!" sagte Elma und eine Thräne glänzte in ben vorher trockenen Augen. „Nun wird es besser in mir."

Sie saß eine Weile stumm ba.

„Was willst Du aber, baß ich thun soll?" fragte der Kapitän, das Stillschweigen unterbre-chend.

„Sie müssen bem Major antworten, unb biese Antwort muß enthalten, Onkel, baß es Ihnen voll-

kommen unbekannt sei, ob Eugen hier eine Verbindung habe — es sei Ihnen davon Nichts zu Ohren
gekommen."

„Aber dann sage ich eine Unwahrheit."

„Ist das eine Sünde, wenn es für eine gute
Sache geschieht?"

„Es ist immer ein Unrecht, und als einem Mann
von Ehre widerstrebt es mir."

„Aber, Onkel, dadurch allein kann ich die für mein
Herz beruhigende Gewißheit mir verschaffen."

Der Kapitän schwieg eine Weile, und Elma
betrachtete ihn mit ängstlicher Miene. Endlich
sagte er:

„Gib mir erst an, was Du weiter zu thun im
Sinn hast."

„Ich will mit Olga auf ein paar Wochen in
die Hauptstadt gehen; — ich will, ohne daß Eugen
eine Ahnung davon hat, ihn und Fräulein K. beisammen sehen, und wenn er ohne Bedauern und
ohne den Schein eines zu bringenden Opfers das
Anerbieten des Majors von der Hand weist, dann
— weiß ich Alles, was ich zu wissen brauche."

„Gut, ich werde Dein Begehren erfüllen; hier
hast Du meine Hand darauf."

„Ich danke Ihnen, guter Onkel! Aber ich habe
noch zwei Bitten übrig. Fürs Erste, daß Sie mit
keinem Wort, weder schriftlich noch durch Karl's
Mund Eugen an mich, oder an die Pflichten,
welche er nach Ihrer Meinung gegen mich hat, erinnern."

„Auch das verspreche ich."

„Und endlich sollen Sie mir dazu behülflich sein,

Olga, ohne daß Eugens Aufmerkſamkeit dadurch er-
regt wird, begleiten zu können.“

„Dazu will ich Dir gern Hülfe leiſten, und damit Du in Bezug auf die Heimkehr durch nichts
behindert biſt, will ich mit Sally gleichfalls einen
Beſuch in der Hauptſtadt machen und Du kannſt
dann die Rückreiſe mit mir antreten.“

„Wie ſoll ich Ihnen genugſam danken!“ ſtam-
melte Elma.

„Dadurch, daß Du mir Deinerſeits auch ein Verſprechen gibſt, ſonſt müßte ich Alles, was ich Dir
zugeſagt habe, wieder zurücknehmen.“

„Onkel!“

„Höre mich an, Elma! Ich verlange nur, daß
Du, welches auch die Entdeckungen ſein mögen, die
Du in Bezug auf Eugen in Stockholm zu machen
glaubſt, nicht handelſt, ohne mir vorher zu ſagen,
was Du beſchloſſen haſt, und daß Du unter allen
Umſtänden Eugen ſich zu erklären Gelegenheit gibſt.
Oft betrügt der Schein, und wenn wir uns da-
durch verleiten laſſen, ſo trifft es ſich wohl, daß wir
Handlungen begehen, welche uns ſelbſt und Andere
in's Unglück ſtürzen. Ich habe allzu viel in der
Welt geſehen, um dieß nicht zu wiſſen, und unter
keiner Bedingung will ich, daß Du aus falſchem
Edelmuth oder irriger Auffaſſung Deine und Eugens
Zukunft zerſtörſt. Willſt Du mir verſprechen, was
ich begehre?“

„Ja, ich verſpreche es Ihnen, Onkel.“

„Dann bin ich zufrieden.“

XVIII.

Am Abend, als Thekla und Elma nach Ackersberg heimkehrten, verwunderte sich Nina darüber,
daß Elma so bleich und bekümmert aussah.

„Was fehlt Dir, mein Kind?" sagte sie und
streichelte ihr über die blassen Wangen.

Elma legte ihren Arm um den Hals der Pflege-
mutter und flüsterte, den Kopf an ihre Schulter
lehnend:

„Ich befinde mich nicht ganz wohl."

Nina, welche ihr Kind so gut kannte, sah deutlich, daß es kein körperliches Uebel war, welches
Elma quälte, sondern ein Seelenleiden; aber da das
junge Mädchen es für sich behalten wollte, unterließ
es Nina, weiter in sie zu dringen, wohl wissend,
daß vieles Fragen am wenigsten geeignet ist, ein
betrübtes Herz zu beruhigen. Die Erfahrung hatte
sie gelehrt, daß Elma ihr früher oder später die Ursache ihres Kummers mittheilen würde; als aber das
junge Mädchen ihr gute Nacht sagte, schloß Nina
sie in ihre Arme und sprach:

„Mein geliebtes Kind, wenn Du Kummer hast,
so denke daran, wo Du Deinen Trost suchen mußt."

Mit diesen Worten küßte sie dieselbe auf die
Stirne.

„Ich weiß es, im Gebet und bei Dir," flüsterte
Elma und entfernte sich.

„Was hat mein fröhliches Sommerkind so tief

betrüben können?" dachte Nina. „Selbst Thekla sah
leidend aus."

Sie saß eine Weile nachdenklich da, aber plötzlich fuhr sie zusammen.

„Es wird doch Eugen kein Unglück begegnet
sein?"

Bei dieser Vorstellung wurde sie todesbleich, und
von schmerzlicher Unruhe, die in ihr erwachte, ge-
trieben, ging sie zu den Mädchen hinauf. Aber als
sie an die Thüre kam, blieb sie stehen; denn der
Ton von Thekla's Stimme, welcher deutlich zu erkennen gab, daß sie weinte, bewog sie, zu horchen.

„Wir, die wir das Vorrecht besitzen, uns unsicht-
bar zu machen, lassen Nina vor der Thüre und werfen indessen einen Blick in das Zimmer.

Auf dem Rande von Elma's Bett saß Thekla,
ihre Arme um den Leib der Pflegeschwester geschlungen. Elma hatte Thekla's Angesicht emporge-
richtet, so daß sie ihr gerade in die Augen sehen
konnte.

„Thekla," sagte sie, „warum sprichst Du so mit
mir, wie Du eben thust? Warum beunruhigst Du
Dich über mein Unwohlsein? Schau mir in die
Augen und gestehe mir auf Dein Gewissen: woher
kommt Deine Unruhe?"

„Es ist etwas in mir, das mir sagt, daß Du
nicht krank bist, sondern daß Deine Seele leidet,"
antwortete Thekla.

„Du bist nicht aufrichtig. Du täuschest mich in
der falschen Voraussetzung, mir einen Schmerz ersparen zu können. Gibt es denn Niemand, der so

viel Liebe zu mir fühlt, um mir die Wahrheit zu gestehen?"

Elma lehnte sich mit dem Kopf an Thekla an und weinte.

„Höre mich, Elma! Schon lang habe ich das Bedürfniß gefühlt, mein Herz vor Dir auszuschütten und Dich in meinem Inneren lesen zu lassen, und vielleicht ist es jetzt, da Du betrübt bist, der rechte Augenblick dazu. Ich kenne die Ursache Deiner Niedergeschlagenheit nicht; aber ich weiß, daß ich mit Aufopferung meiner eigenen Hoffnungen auf das Leben Dir jeden Schmerz ersparen möchte. — Es gab eine Zeit, da ich neidisch auf Dich war, da ich Dir Eugens und Mamas Liebe mißgönnte, da mein Herz kalt gegen Dich war; aber Mama hat mich gelehrt', diese Gefühle zu verabscheuen, und Du hast mich durch Deine Herzensgüte, Deine Zärtlichkeit gezwungen, Dich zu lieben. Und jetzt, Elma, würde ich demjenigen wahrhaft zürnen, welcher Dir einen Kummer verursachte, und wäre es mein eigener Bruder."

„Ich glaube Dir," flüsterte Elma, „aber Du weißt ja, daß ich dem harten Geschick, das mich treffen muß, nicht entgehen kann."

„Elma, Elma," rief Thekla weinend; „sprich nicht so; sage mir, was Du meinst."

„Sage Du mir zuerst, was der Onkel in der Bibliothek mit Dir gesprochen hat," wandte Elma ein.

Thekla erröthete.

„Du schweigst, Du wechselst die Farbe, Du willst es mir nicht sagen, denn Du weißt, daß — daß mir nicht zu helfen ist."

„Um Gotteswillen, sei ruhig, dann will ich Dir jedes Wort von unserem Gespräch erzählen."

„Versprichst Du, ganz aufrichtig zu sein?" fragte Elma.

„Ja."

Thekla erzählte nun in etwas gemilderten Worten, was Kapitän Oernskjöld ihr gesagt hatte, jedoch mit Ausschluß aller sonstigen Bemerkungen, die von ihm beigefügt worden waren.

Als sie fertig war, sagte Elma:

„Ich habe das ganze Gespräch gehört, und —."

„Und — was?"

„Die Worte des Onkels waren scharf wie Dolche," rief Elma schluchzend. „O! Thekla, Thekla, Du ahnst nicht, was es heißen will, so plötzlich von der Höhe seiner schönsten Hoffnungen herabgestürzt zu werden und sich sagen zu müssen: Deine Liebe ist ein Hinderniß für sein Glück."

„Eugen kann sein Glück nur bei Dir und in der Erfüllung dessen finden, was Ehre, Pflicht und Gewissen ihm gebieten," ließ sich eine wohlbekannte Stimme von der Thüre her vernehmen, auf deren Schwelle Nina stand.

„Ach, Tante!" flüsterte Elma.

„Ja, Deine mütterliche Freundin, welche nicht so gering von ihrem Sohn denken will, daß er sich so weit vergessen könnte, für irdischen Gewinn seine Treue und seine Liebe aufzuopfern."

„Aber ich muß mich selbst und ohne Einmischung von Jemand anders überzeugen, daß er mich noch liebt," rief Elma heftig.

„Wohl, mein Herz sagt mir, daß er Dich nicht vergessen hat."

„Aber er hat einmal Dich vergessen," warf Elma ein, hatte aber kaum diese Worte gesprochen, so erröthete sie und empfand lebhafte Reue.

„Es ist wahr, Eugen hat, umgeben von leichtsinnigen Kameraden und verleitet von Eitelkeit, meine Warnungen aus dem Sinn geschlagen," erwiederte Nina ruhig! „aber er hat mich nicht vergessen, denn nur wenige Worte von seiner Mutter haben ihn auf den Pfad des Guten zurückgeführt, und wie suchte er nicht seitdem durch verdoppelte Liebe zu sühnen, was er verschuldet hat!"

„Ach! wenn Eugen nur einen einzigen Tag mich vergessen und an diesem Tage Sophie K. geliebt hätte, so — so"

„So würdest Du ihm dieß verzeihen."

„Verzeihen, ja wohl; aber wir könnten niemals mehr etwas weiter als Geschwister für einander sein: denn dann wäre meine Liebe stärker, da ich ihn niemals, auch nur einen Augenblick vergessen habe."

„Du bist eine Frau, und die Liebe der Frau ist immer stärker, als diejenige des Mannes. Sie gibt ihm ihre ganze Seele, und er vergönnt ihr nur einen kleinen Raum in seinem Herzen."

Elma schwieg. Nina redete noch lang mit ihr und erhielt zuletzt auch Mittheilung von dem Plan, welchen sie entworfn hatte, um sich Gewißheit darüber zu verschaffen, wie weit sie noch geliebt wäre. Nina gab ihre Einwilligung zu diesem Vorhaben und versprach sogar, in ihren Briefen an Eugen mit

keinem Worte Elma's zu erwähnen, bis diese wieder
nach Hause käme.

XIX.

Drei Tage waren seit Elmas Ankunft in der
Hauptstadt verflossen, ohne daß Eugen die geringste
Ahnung von ihrem Aufenthalt daselbst hatte. Von
einer Seitenloge im königlichen Theater hatte Elma
eines Abends ihn zum ersten Mal in Gesellschaft
mit der Familie von Major K. gesehen. Das Stück,
die Musik, das ganz dicht besetzte Haus, Alles war
vor ihr verschwunden, als sie den Kopf an die Wand
gelehnt nnd hinter Olga verborgen, ihre Nebenbuh-
lerin mit den Augen beinahe verschlang.

Wie blendend schön fand sie dieselbe nicht! Thränen, namenlos qualvoll, schlichen über ihre Wangen;
aber kein Atom von Bitterkeit mischte sich in ihren
Seelenschmerz.

Ueber sich selbst weinte sie, nicht aus Mißmuth
darüber, daß Sophie K. so schön war, auch nicht
darüber grämte sie sich, daß Eugen so lebhaft sich
geberdete.

Nein! Sie fand dieß so natürlich, daß sie nicht
einen einzigen unfreundlichen Gedanken gegen Jemand von ihnen aufkommen ließ, sondern nur das
Gefühl in sich hatte, wie grenzenlos unglücklich sie
selbst war.

Einmal richtete Eugen sein Glas gegen die Loge.
Elma zog sich noch tiefer zurück, sah aber, wie er

mit feinem sonnenwarmen Lächeln feine Schwester begrüßte.

Alles hat ein Ende. So war es auch mit diesen Stunden geistiger Tortur für die arme Elma; und als sie sich wieder allein in ihrem Zimmer befand und sich dem Ausbruch ihres Schmerzes überließ, da betete sie warm aus ihrem kindlich reinen Herzen zu Gott, daß er seinen Beistand ihr schenken möchte.

Als endlich der Schlaf sich einstellte, um ihr Vergessenheit aller Qual, welche ihre Seele erfüllte, zu schenken, da kam es ihr vor, als ob Gott sie in seine Arme genommen und sie aufgefordert hätte, ihren Kummer an seinem Vaterherzen auszuweinen.

Als Elma aus dem schweren Schlaf, in welchen sie versunken war, erwachte, stand die Herbstsonne schon hoch am Himmel und Olga lehnte sich über ihr Bett.

„Du hast sehr lang geschlafen, liebe Elma," sagte die Schwester freundlich und fuhr liebkosend mit der Hand ihr über die heiße Stirne. „Und während Du noch schliefst, habe ich einen Morgenbesuch empfangen. Kannst Du errathen, wer hier war?"

„Eugen," rief Elma und richtete sich schnell im Bett auf.

„Ja, er kam und schalt Karl und mich, daß wir nicht sogleich bei unserer Ankunft ihn davon unterrichtet hätten.

„Olga! Olga! Warum hast Du mich nicht geweckt, daß ich wenigstens den Laut seiner Stimme hätte vernehmen können."

„Deßhalb, liebe Elma, weil Du seine Stimme diesen Nachmittag, wenn er hierher kommt, hören kannst."

„Er kommt hierher?"

„Ja, und ich wollte Dir eben vorschlagen, Deine romantischen Ideen fahren zu lassen und ganz einfach ihm vor Augen zu treten."

„Nein, nein, Olga, — bedenke, was ihr, Du und Karl mir und dem Onkel versprochen habt."

„Das thue ich auch ; und darum handle ich nicht, ohne Dich vorher zu fragen. Der Onkel wird sich gleichfalls einfinden."

Der Nachmittag kam. Verborgen hinter den herabgezogenen Alkovgardinen im Schlafzimmer, saß Elma mit zusammengepreßten und zitternden Händen.

Im Nebenzimmer befanden sich Olga und Eugen in vertraulichem Gespräch begriffen.

Olga erzählte von der Heimath, und Eugen stellte eine Frage nach der andern, welche sämmtlich mit — Elma anfingen und schlossen. Jedesmal da er ihres Namens erwähnte, zitterte die Alkovengardine.

„Weißt Du, Olga, was ich mir den ganzen Sommer hindurch eingebildet habe, während ich wie ein Sklave arbeitete und mit Sehnsucht an die Heimath dachte?"

„Nein."

„Nun, ich dachte, Du solltest Mama und Elma bitten, Dich hieher zu begleiten; aber vielleicht wollte Elma selbst nicht von Hause fort —," setzte er in verändertem Tone hinzu.

„Was Elma in diesem Fall wollte, weiß ich nicht, denn das kommt nie in Frage."

„Nicht einmal von ihrer Seite?

„Nein."

„Nun, nun, sie hat wohl Jemand, der sie über die Unmöglichkeit, ihren Pflegebruder wieder zu sehen, tröstet.

„Und wer sollte das sein?"

„Bah, liebe Olga, Du weißt das wohl so gut als ich.

„Ganz und gar nicht; beliebt es Dir, mich darüber aufzuklären?"

„Wirklich? Und doch ist es mir selbst hier zu Ohren gekommen, daß Lieutenant H. ein täglicher Gast zu Ackersberg sein soll, und daß man in der ganzen Gegend nur darauf wartet, die Verlobung öffentlich bekannt gemacht zu sehen."

„Aber wenn es sich also verhielte, würde Elma in ihren Briefen gewiß davon Erwähnung gethan haben."

„Nun, das hat sie in ihrer Art und Weise auch gethan, denn sie hat mich in jedem Brief darauf vorbereitet, daß ich eines schönen Tages etwas den Lieutenant H. Betreffendes hören würde."

„Nun, damit hat sie vollkommen recht, denn H. ist bis über die Ohren verliebt."

„Das brauchst Du nicht zu wiederholen," unterbrach sie Eugen kurz, indem er aufstand und im Zimmer auf- und abging.

„Aber, lieber Eugen, Du weißt ja nicht, in wen?"

„Auf Ackersberg gibt es nicht mehr als ein Mädchen, und das ist Elma."

„So, so, Du rechnest also Thekla für Nichts?"

„Thekla!" rief Eugen und blieb vor Olga stehen. „Du scherzest, Olga."

„Nicht im Mindesten. Vor anderthalb Jahren erhielten Lieutenant H. und Hüttenwerksbesitzer Aström, jeder seinen Korb von Elma, und deßhalb, dünkt mir, hättest Du diesem Mährchen keinen Glauben beimessen sollen. Thekla, welche schon damals schön zu werden versprach, steht nun an äußerem Reize so hoch über Elma, daß man es dem Lieutenant H. wohl verzeihen kann, wenn er über ihr Elma vergessen hat."

„Weißt Du was, Olga, ich athme leichter, gerade als ob mir eine schwere Last vom Herzen genommen wäre. Meinetwegen mag der junge H. die ganze Welt für schön halten, wenn er nur seine Augen nicht auf Elma richtet."

„Wie Du da sprichst, lieber Eugen! Solltest Du nicht als Elma's Pflegebruder es gern sehen, daß sie durch eine gute Partie dem traurigen Geschick, unverheirathet zu bleiben, entgeht? Bedenke, daß sie zweiundzwanzig Jahre alt ist, da ist es hohe Zeit, in den Stand der Ehe zu treten."

„Olga, Du hast unmöglich so verblendet sein können, um nicht längst erkannt zu haben, daß meine Gefühle für Dich und Thekla anderer Natur sind, als diejenigen, welche mich zu Elma ziehen, und daß wir, Elma und ich, in einem ganz anderen Verhältniß zu einander stehen, als Du und ich."

„In welchem Verhältniß steht ihr denn?" fragte Olga lachend.

„In einem solchen, daß Elma niemals das Recht

hat, ihr Herz einem Andern zu schenken," antwortete Eugen munter.

„Aber das ist eine reine Thorheit. Bedenke, daß Aström und H. reiche Männer sind, und hättet ihr euch nicht in eine so thörichte Verbindung eingelassen, so könnte Elma jetzt eine reiche und angesehene Frau sein."

„Bah! Reichthum macht nicht glücklich. Wir sind niemals reich gewesen, haben daheim niemals von Ueberfluß Etwas gewußt, und wie glücklich waren wir dennoch! In dieser Beziehung mache ich mir keine Bedenklichkeiten. Elma muß noch einige Jahre auf mich warten, wie ich auf sie; aber wir sind jung, und die Liebe wird ersetzen, was wir an Zeit verloren haben."

Aus dem Schlafzimmer vernahm Olga eine Bewegung, wie wenn Jemand mit einem Sprung durch dasselbe gegangen wäre. Eugen achtete nicht darauf, sondern fuhr fort:

„Lassen wir das auf eine Weile ruhen. Ehe Karl und der Onkel kommen, habe ich noch Etwas mit Dir zu reden. Ich muß nämlich von Major K. ausziehen."

In dem Schlafzimmer wurde es wieder vollkommen still.

„Und warum das? — Du wirst ja dort mit so viel Güte überhäuft."

„Ja, mit allzu viel Güte, und eben darum muß ich fort."

„Erkläre Dich deutlicher."

„Das wird etwas schwierig hergehen," antwortete Eugen halb lächelnd, halb verlegen.

9*

„Sollte es Dir schwer fallen, Dich mir gegenüber zu erklären? Sind wir nicht von unserer Kindheit an Vertraute gewesen?"

„Allerdings."

Eugen trat zu dem Piano, nahm an demselben
Platz und ließ sich, ein wenig präludirend, also vernehmen.

„Die Sache ist die, daß der Major sich in den
Kopf gesetzt hat, ich sei ein sehr hoffnungsvoller,
junger Mann."

„Nun, darin liegt doch wohl nichts Arges?"

„Nein, gewiß nicht; aber er hat sich außerdem
die Ueberzeugung beigebracht, daß ich auch mit der
Zeit ein Muster von einem Ehemann würde."

„Und deßhalb willst Du sein Haus verlassen?"

„O nein, nicht gerade deßwegen; aber er ist in
seinem Vorbedacht so weit gegangen, mir für eine
Frau zu sorgen, und siehst Du, Olga, darauf habe
ich schon vor ihm mein Augenmerk gerichtet, und da
seine und meine Wahl nicht auf dieselbe Person gefallen ist, so —"

„Ziehst Du ab."

„Allerdings."

„Aber wer ist denn die Person, womit er Dich
verheirathen wollte?"

„Das kann Dir doch gleichgültig sein."

„Durchaus nicht. Es ist ein Gerücht herumge-
gangen, das, wenn es sich bestätigte, einen großen
Leichtsinn von Deiner Seite an den Tag legen
würde."

„Und was meldet dieses Gerücht?"

„Du ſeieſt in Sophie K. verliebt, und Deine zärtliche Flamme würde von ihr getheilt."

„So, ſo? Und daran haſt Du geglaubt und da=für geſorgt, dieſe Ueberzeugung auch Thekla beizu=bringen, ſo daß ſie mir in einer langen Epiſtel meine Pflichten vorhielt. Gerade, als ob ich eben im Begriff ſtände, mich mit Sophie K. zu verhei=rathen."

„Willſt Du mir aufrichtig antworten, Eugen?"

„Ich antworte immer aufrichtig," ſagte Eugen.

„War es ſeine Tochter, welche der Major Dir zur Frau geben wollte?"

„Ja."

„Und was haſt Du darauf erwidert?"

„Daß eine andere Liebe mein Herz binde, das iſt klar. Ich konnte ja keine andere Antwort geben."

„Haſt Du denn niemals an Sophie K. Wohlge=fallen gefunden?"

„Gewiß! Sie gefällt mir als ein ſchönes, gutes und liebenswürdiges Mädchen, aber zur Frau will ich ſie darum doch nicht haben, denn ich liebe von ganzem Herzen und von ganzer Seele eine Andere. Du weißt wohl, wen, Du weißt wohl, wen," ſetzte Eugen ſingend hinzu.

„Aber Deine und Elma's Ausſichten in die Zu=kunft ſind, wie mir ſcheint, nicht ſehr glänzend."

„Mit Gottes Hülfe werden ſie, was ſie noch nicht ſind," und damit begann Eugen zu ſingen:

„Denkſt Du daran, Du ſtandeſt
So ſchön im hohen Saal,
Wie Du mich damals bandeſt,
Dein Reiz das Herz mir ſtahl.

Jetzt will das Herz ich wieder,
Doch bleibst Du sein Gebieter,
Schenkst Du Dein Herz dafür!
Bedenke nun, ob Du
„Bist auch bereit dazu."

Eben als Eugen die letzten Worte sang, legten sich zwei kleine weiche Hände ihm über die Augen, und eine fröhliche, obwohl zitternde Stimme flüsterte:

„Ich denke ganz wie Du
Und bin bereit dazu."

„Elma, Elma!" rief Eugen und sprang auf. Im nächsten Augenblick hielt er die Freundin seiner Jugend umschlungen, während sie durch Thränen glückselig ihm zulächelte.

XX.

Elma war längst schon froh und glücklich nach Ackersberg zurückgekehrt. Mit frischem Muth und heiterem Sinn hatte sie ihre gewöhnliche Beschäftigung wieder aufgenommen. Sie arbeitete mit doppeltem Eifer und Fleiß.

Es war, wie wenn nach einem regnerischen Sommertag die Sonne wieder scheint; sie sieht dann klarer und wärmer als sonst aus.

Der Herbst verging und man näherte sich Weihnachten mit starkem Schritt. Mit erhöhter Freude sah man dem Feste entgegen, da der Allen so

theure Eugen dasselbe in der Heimath zubringen
wollte.

Thekla setzte ihre Lektionen in Warnäs fort und
fand immer größeres Vergnügen daran.

Dieß hinderte jedoch den Lieutenant H. nicht,
an den Besuchen in Ackersberg gleichfalls immer
größeren Geschmack zu finden, und obwohl er noch
kein Wort gesagt hatte, begann man doch allmälig
einzusehen, daß nicht Elma der Gegenstand seiner
Verehrung war, sondern daß er diese auf Thekla
übergetragen hatte.

Thekla dagegen schien für seine Artigkeiten völlig
gefühllos und behandelte ihn mit einer Gleichgültigkeit, welche für den jungen Mann sehr verletzend gewesen wäre, wenn er nicht zu jenen Glücklichen gehört hätte, welche beständig in sich selbst verliebt
sind und aller erlittenen Niederlagen ungeachtet blindlings an ihre Eigenschaft, unwiderstehlich zu sein, glauben, weil die Natur ihnen ein schönes Gesicht und
ein schönes Vermögen verliehen hat.

- Aber es bedarf nicht einmal dieser, oft gefähr-
lichen Vortheile, um einen Mann zu bestimmen, sich
für unwiderstehlich zu halten. Das stärkere Geschlecht ist von der Natur mit dem G e f ü h l d e s
e i g e n e n W e r t h s so reich begabt, daß die einzel-
nen Individuen davon oft mehr als lächerlich werden. Wie oft hört man Männer, die so häßlich wie
dumm sind, von Erfolgen sprechen, die sie nur in
der Einbildung errungen haben. Ihre Beschränkt-
heit entschuldigt sie jedoch, denn einfältige Leute
glauben immerdar an ihre eigene Vollkommenheit;
wie aber Eigenliebe die Männer verblenden kann,

das hat man am besten Gelegenheit zu beurtheilen, wenn man von geistreichen Männern, ja selbst Greisen, die durch ungewöhnliche Bildung sich auszeichnen, zu hören bekommt, daß jede Frau, mit welcher sie in Berührung gerathen wären, sich in sie verliebt hätte.

Diese sich selbst vergötternden Männer scheinen nicht begreifen zu können, daß eine Frau mit ihnen eine ganze Stunde lang zu reden vermag, ohne dadurch ihrer Ruhe verlustig zu gehen.

Könnten die Männer einen Blick in manches Frauenherz werfen, das sie erobert zu haben sich einbilden, sie würden mit Bestürzung gewahr werden, daß sie sich blos als dünkelhafte Narren präsentirt haben.

Eben diese Selbstvergötterung bei dem männlichen Theil der Menschenkinder ist es, was eine solche Steifheit in dem Umgang zwischen beiden Geschlechtern hervorbringt, denn jede denkende Frau fürchtet, der Beschuldigung, verliebt zu sein, sobald sie an dem Gespräche mit einem gebildeten Mann das mindeste Interesse verräth, sich auszusetzen.

In dieser Zeit der Reformen, wo die Frau sich von ihrer Eigenschaft als Frau zu emancipiren trachtet, wäre es sehr wünschenswerth, wenn der Mann sich von seiner lächerlichen und elenden Eigenschaft emancipiren und davon abstehen wollte, sich für ein so höchst vortreffliches und unwiderstehliches Wesen zu halten, wie er zu sein sich in den Kopf gesetzt hat.

Doch überlassen wir es ihm, sich gleich Narcissus

in sein eigenes Ich zu verlieben — und kehren zu
den Bewohnern von Adersberg zurück.

Eines Tags, zu Anfang vom December hatte
Nina am Morgen von Lieutenant H. einen Brief
erhalten, worin ein anderer an Thekla eingeschlossen
war.

Der Inhalt beider Briefe war eine förmliche
Werbung um die Hand der letztern.

Wie die Antwort ausfallen sollte, darüber ließ
Nina einzig Thekla selbst entscheiden, und das junge
Mädchen bedurfte, um ihren Entschluß zu fassen,
nicht mehr Zeit, als zum Durchlesen des Briefs erforderlich war; denn als dieß geschehen, rief sie:

„Aber ist denn der Mensch blind, um nicht einzusehen, daß ich ihn gar nicht leiden kann?"

„Eine solche Blindheit, mein Kind, ist bei Individuen seines Geschlechts etwas sehr Gewöhnliches,"
bemerkte Nina lächelnd.

„Willst Du so gut sein, Mama, und ihm antworten, daß —"

„Du schon versagt bist," fiel Elma lachend ein,"
und nicht die Ehre haben kannst."

„Still, Elma!" sagte Nina.

„Ach, liebe Tante, soll man nicht lachen über
Henrik H., welcher vergangenes Jahr, zu derselben
Zeit, um mich freite, und jetzt, ein Jahr darauf, es
bei Thekla versucht. ,Die Zeiten ändern sich', sagte
der Bürgermeister, als er Nachtwächter wurde.

Thekla lachte, Nina lächelte, und das Resultat
war ein Korb, oder artiger ausgedrückt, eine Ab-
lehnung des Antrags.

Am Nachmittag fuhr Nina nach dem Pfarrhofe,

und Elma war eifrig auf ihrem Zimmer beschäftigt; sie hatte vollauf mit einer Arbeit zu thun, welche bis zum folgenden Tag fertig werden sollte.

Thekla saß allein im Gesellschaftszimmer und spielte, als Debora die Thüre halb öffnete und hereinrief:

„Der Herr Kapitän von Warnäs ist da."

Thekla hatte kaum Zeit, von dem Instrument aufzustehen, als Eduard eintrat.

„Wir fürchteten, Sie wären krank geworden, da Sie diesen Vormittag nicht nach Warnäs kamen," begann der Kapitän.

„Hat denn Anders mein Billet der Tante nicht überbracht?" fragte Thekla; „ich konnte nicht mit ihm, als er mich hier abholen wollte, und so schrieb ich an die Tante und erklärte ihr die Ursache meines Ausbleibens."

„Die Wahrheit zu sagen, ich habe meine Schwester gar nicht gefragt. Ich habe blos Sie vermißt, Thekla, und darum bin ich nun hier. Es ist für mich eine so liebe Gewohnheit geworden, Sie zu sehen und mit Ihnen zu sprechen, daß mir ganz übel zu Muthe ist, wenn ich darauf verzichten muß."

„Gewohnheit?"

„Ja, eine Gewohnheit, welche Sie mir zu einem Bedürfniß gemacht haben, so daß, wenn Sie fehlen, das Haus für mich leer und öde ist."

„Aber wie alle andern Gewohnheiten wird auch diese von einer andern verdrängt, oder, im Fall Sie nicht mehr Sclave derselben sein wollen, durch die Macht Ihres Willens verbannt werden."

Thekla's Wangen nahmen eine lebhaftere Fär-

bung an, und sie schaute nicht auf, während sie diese
Antwort gab.

„Sie irren sich. Haben unsere Gefühle die Gewohnheit angenommen, nach einer gewissen Richtung
hin zu wirken, so ist es schwer, oft unmöglich, ihnen wieder eine entgegengesetzte Wendung zu geben.
Bevor ich anfing, Ihren Lectionen anzuwohnen und
mit Ihnen mich in ein Gespräch einzulassen, hatte
ich niemals die Gewohnheit gehabt, mein Interesse
an ein einzelnes Individuum zu fesseln, sondern ließ
mich ausschließlich von dem Allgemeinen beherrschen.
— Sie, Thekla, haben ein neues Bedürfniß hervor-
gerufen, nämlich Ihr freundliches Antlitz mich an-
lächeln zu sehen und von Ihnen meine Handlungen
billigen oder tadeln zu hören. Sie haben in mir
die Sehnsucht nach einem Familienleben erweckt, und
oft habe ich gewünscht, daß Sie, gerade Sie meine
Tochter wären.

„Sonderbar," erwiderte Thekla, „daß Sie einen
solchen Wunsch hegten. Ich meinerseits habe Sie
mir niemals als meinen Vater denken können."

„Nicht? — Und doch glaube ich mich als einen
väterlichen Freund von Ihnen betrachten zu dürfen."

„Freund und Lehrer, ja. — Vater nicht."

„Und warum?"

„Eigentlich weiß ich kaum selbst; aber wenn Sie
mich Ihr Kind nennen, da wandelt mich eine un-
widerstehliche Lust an, zu lächeln."

„Wirklich?" sagte der Kapitän zerstreut und betrachtete aufmerksam ein Briefcouvert, welches auf
dem Tische lag.

Es entstand eine Pause. Plötzlich nahm der Kapitän wieder das Wort und sagte, indem er nach dem Couvert griff: „Sie correspondiren also mit Henrik H.? Da wird es wohl mit der Verlobung schnell gehen?"

Eduard hob den Umschlag in die Höhe, und auf demselben stand: „An Mamsell Thekla Ulrici."

„Von einer Verlobung zwischen ihm und mir kann niemals die Rede sein, und was die Correspondenz anbelangt, so ist sie mit diesem Brief begonnen und wohl auch geschlossen worden."

„Sie haben ihm einen Korb gegeben," rief der Kapitän, indem er aufstand und auf Thekla zuging. „Und warum? Henrik H. ist ein reicher und liebenswürdiger junger Mann."

„Zugegeben! Er hat manche gute Eigenschaften; aber er ist doch nicht der Mann, welchem ich mein Glück anvertrauen möchte."

„Er selbst ist entgegengesetzter Ueberzeugung gewesen, denn erst gestern noch nahm er es, als er mit mir von Ihnen redete, für ausgemacht an, daß Sie seiner Bewerbung mit Ja antworten würden."

„Es würde mir sehr leid thun, wenn ich gegen meinen Willen ihm zu einer solchen Ueberzeugung Anlaß gegeben hätte," erwiederte Thekla ruhig; „aber ich glaube mich wirklich von dieser Schuld freisprechen zu dürfen."

„Aber warum haben Sie ihm einen abschlägigen Bescheid gegeben? Er ist sehr reich."

„Sollte ich, um in den Besitz seines Geldes zu gelangen, meine Zukunft und mein Glück verkaufen?"

„Sie sind arm, Thekla, und somit in einer mehr oder minder abhängigen Lage."

„Ich bin arm, das ist wahr; aber ich habe eine gute Erziehung genossen, und kann mir durch sie immerdar mein Auskommen und eine gewisse Unabhängigkeit verschaffen, zu der ich als verheirathete Frau, und wäre ich noch so reich, niemals gelangen könnte. Wann oder in welcher Lebensstellung ist die Frau wohl abhängiger, als in der Ehe?"

„Das heißt streng gesprochen. Haben Sie vielleicht mit neunzehn Jahren schon den Entschluß gefaßt, unverehlicht Ihr Leben zu beschließen?" fragte der Kapitän ironisch.

„Nein, das nicht; aber meine Mutter hat mir solche Grundsätze beigebracht und mir so ohne alle Illusionen gezeigt, was für ein ernster Schritt es sei, in den Stand der Ehe zu treten und damit große und heilige Pflichten zu übernehmen, daß ich der vollen Ueberzeugung bin, wie nothwendig es ist, sich erst mit ganzer Seele zu dem Mann hingezogen zu fühlen, für welchen man jene Pflichten sich auferlegt, wenn man nicht Gefahr laufen will, die eigene und seine Zukunft aufs Spiel zu setzen. Gibt es wohl ein Unglück, das mit einer unglücklichen Ehe zu vergleichen wäre? Und dennoch ist dieses Unglück eine gerechte Strafe für jeden, welcher ohne wahre Liebe sein Schicksal mit dem eines Andern, und das nur aus weltlicher Berechnung vereinigt."

„Der Mann, welchen Sie wählen, muß Ihnen also Liebe einflößen. Aber, mein Kind, die Liebe ist blind, und mancher hat, von dem kleinen Gott

verleitet, einen schlechten Gewinn aus der Eheſtands-
lotterie gezogen.“

„Die wahre Liebe iſt nicht blind,“ antwortete
Thekla lächelnd, „denn ſie ſtüzt ſich auf Vernunft
und Achtung.“

„Ei, ei, Thekla! Da haben Sie wohl die Axt
nach einem Stein geworfen!“ rief der Kapitän
lachend. „Wer hat jemals von der Liebe im Verein
mit Vernunft ſprechen hören? Wir ſind ja dahin
übereingekommen, daß die Liebe die größte Unver-
nunft in der Welt ſei!“

„Das iſt unrichtig,“ fiel Thekla eifrig ein;
„gerade eine ſolche Anſicht beweist, daß Sie ſich
niemals recht klar gemacht haben, was die Liebe
wirklich iſt.“

„Haben Sie das gethan?“

„Ja, denn es iſt Liebe, was ich für meine Mut-
ter-empfinde. Und dieſes Gefühl ruht auf einem
ſo edeln, ſo heiligen Grunde, daß es niemals einem
unwürdigen Gegenſtand ſich zuwenden kann.“

„Kind, die Anhänglichkeit an Ihre Mutter, und
die Anhänglichkeit an den Mann, welchen Sie künftig einmal wählen, ſind ganz verſchiedene Dinge.“

„Und warum ſollten ſie verſchieden ſein? Ich
kann niemals einen andern Mann lieben, als den,
welcher meiner Anſicht nach an Verſtand und Geiſtes-
gaben hoch über mir ſteht, für welchen ich den höch-
ſten Grad von Achtung und Bewunderung hege,
in welchen ich ein uneingeſchränktes Vertrauen ſetzen,
auf welchen ich in Freud und Leid mit Zuverſicht
bauen, — an deſſen Bruſt ich meinen Schmerz aus-
weinen und einen Schild gegen die Stürme des

Lebens finden kann, ganz wie solches bei meiner Mutter der Fall gewesen. Sie ist mir stets das Theuerste auf Erden, meine Freude, meine Stärke, mein Schutz und Trost, mein Alles gewesen. Mehr kann ein Mensch für den andern nicht sein, als sie für mich ist."

„Aber Sie haben es ertragen, daß Ihre Mutter Ihre Geschwister ebenso, wie Sie liebt; von einem Mann würden Sie das nicht ertragen."

„Früher ist es in dieser Hinsicht auch eine recht mißliche Sache gewesen," erwiederte Thekla. „Ich war ein sehr neidisches Kind und litt sehr bitter, daß ich nicht ganz allein ihrer Zuneigung mich erfreuen durfte. Jetzt ist es mit ihrem Beistand mir gelungen, diese neidische Gesinnung zu besiegen."

„Ich fürchte aber, daß Sie niemals einen Mann finden werden, welcher Ihnen das volle, ungetheilte Gefühl, das Sie beanspruchen, einflößen kann, denn wir Männer haben, wie die Frauen, nicht sehr viele Vollkommenheiten an uns. Denken Sie nur, wie gar selten Frauen gleich Ihrer Mutter sind."

„Das ist wahr, ich kenne keine, welche Mama gleicht."

„Und doch wollen Sie, ehe Sie sich zu verheirathen wagen, ein Exemplar von ihr in männlicher Gestalt haben? Das heißt ja das Unmögliche fordern. Wir dürfen im Allgemeinen keine so großen Ansprüche an unsern Nächsten machen."

„Ich mache auch gar keine übertriebenen Ansprüche; ich mache gar keine; denn im schlimmsten Fall habe ich keine so große Angst davor, eine alte Jungfer zu werden, was sonst für Mädchen im Allgemeinen ein so erschreclicher Gedanke ist. Ich glaube vielmehr, das Leben hat stets seinen Werth, wenn man nur auf dem Platz, auf den man von der Vorsehung gestellt ist, Nutzen zu stiften sucht."

„Und was würden Sie in ehelosem Stande vornehmen? Die vollkommenste Erziehung eines Mädchens hat doch zum Hauptziel, sie zur Ehefrau zu bilden, und es wäre somit immer etwas Halbes, wenn Sie sich genöthigt sähen, unverheirathet zu bleiben. Was soll eine vereinzelte Frau für sich anfangen?"

„Sie kann immerdar etwas Nützliches ausrichten, immerdar sich, wenn sie nur will, auf irgend eine Weise brauchbar machen. Sie fragen, was ich anfangen würde. Ich würde Lehrerin werden, weil ich von Natur eine Freude daran habe, mir Kenntnisse zu erwerben, Andern dergleichen beizubringen. Dadurch gewinne ich zweierlei. Fürs Erste schaffe ich mir ein Auskommen durch meine Arbeit, fürs Zweite nütze ich wirklich, wenn ich mit Eifer und Gewissenhaftigkeit meinen Platz als Lehrerin auszufüllen suche.

„Nun, das mag für Sie gelten; aber nicht alle können Lehrerinnen werden, und die meisten unverheiratheten Frauen ohne Vermögen müssen durch Handarbeit sich ein knappes und unzureichendes Auskommen zu verschaffen suchen.

„Darin haben Sie recht, und ein solcher Erwerb des Unterhalts ist in der That traurig.

„Nun wohl, ist es dann zu verwundern, wenn diese Mädchen, welche keine andere Aussicht für das Leben haben, sich verheirathen, um ihre Versorgung zu finden, und einem solchen Dasein ohne Hoffnung auf hellere Tage damit zu entgehen?"

In diesem Augenblick ging die Thüre auf und Nina trat ein,

„Mama," sagte Thekla, „komm und hilf mir in einem Streit mit dem Kapitän über die Frauen. Ich bin viel zu schwach, um damit allein fertig werden zu können."

„Wovon ist denn die Rede?" fragte Nina, über Theklas Eifer lächelnd.

„Davon, daß das Schicksal unverheiratheter Frauen, sofern sie ohne Vermögen sind, so düster erscheint, daß ich es ganz natürlich finde, wenn sie, um einem solchen zu entgehen, den ersten Besten heirathen, welcher ihnen eine unabhängige Stellung im Leben zu bieten vermag."

„Das ist leider eine sehr beklagenswerthe Wahrheit," erwiederte Nina; „aber der Fehler liegt in der Erziehung. Wenn die armen, so gut wie die vermöglichen Mädchen, von ihren Kinderjahren an lernten, das Leben von einer ernsteren und praktischen Seite anzusehen, so würde das Verhältniß ganz anders sein. Wenn sie sich zeitig daran gewöhnten, sich ihre eigene Persönlichkeit als ein Individuum für sich selbst zu denken, welches unter den alltäglichen Umständen des Lebens auf eigene Faust handeln, welches in den ökonomischen und materiellen Dingen Einsicht haben und im Stande sein muß, sich selbst darin zurecht zu finden, so würde auch deren Stellung ganz verschieden sein. Die wohlhabenden würden durch ihr Vermögen zu nützen suchen und in einem thätigen Leben eine viel sicherere Genugthuung finden, als in dem geistesarmen Jagen nach Zeitvertreib, welches jetzt ihre Gedanken beschäftigt. — Die Unbemittelten würden nicht, wie nunmehr, sitzen und hoffen und warten, daß ein reicher Freier komme und sie von den düstern Aussichten erlöse, welche sich einer Näherin in der Regel eröffnen; sondern sie würden mit Eifer und Ernst ihre Gedanken auf die Möglichkeit richten, sich durch eigene Kraft eine unabhängige Stellung zu schaffen. Jede Mutter sollte bei ihren heranwachsenden Töchtern deren natürliche Geneigtheit zu irgend einer Beschäftigung erforschen und ihnen daraus ein Mittel zu einer gewissen Versorgung an die Hand zu geben versuchen. — Nicht alle Frauen taugen zu Köchinnen, Näherinnen oder zu Gouvernanten, und dennoch scheint es, als ob man nur unter diesen drei Kategorien sich die Möglichkeit der Versorgung denken könnte, und man vergißt dabei ganz und gar, daß es oft ein sehr schweres Loos ist, Andern zu dienen, und daß viele, um demselben auszuweichen, ohne eine Spur von Neigung zu dem Manne, den sie gewählt haben, in die Ehe treten. Warum die Frauen vom Gewerbebetrieb ausschließen? Gewiß paßt nicht jedes Handwerk für sie, da manche eine Körperstärke voraussetzen, welche ihnen abgeht; alle leichteren Gewerbe aber, welche eigentlich auf bloßer Handarbeit beruhen, sollte das Mädchen ebenso ungehindert, wie der Knabe erlernen dürfen."

"Was Sie da sagen, schmeckt stark nach Emancipations-Ideen; bemerkte der Kapitän.

"Ganz und gar nicht; denn ich verabscheue alle Reformen, welche mit der Erfahrung, gesunder Vernunft, und was noch mehr ist, mit Gottes Absicht in Bezug auf die Frauen im Widerspruch steht. Emancipations-Ideen im Allgemeinen weichen von der Wahrheit, von der Natürlichkeit ab, wenn sie der Frau die Rechte des Mannes in der Gesellschaft erobern und die Behauptung aufstellen wollen, daß sie in intellektueller Beziehung seinesgleichen sei. Das ist falsch, widerstreitet vollkommen den wirklichen Verhältnissen, und dergleichen Behauptungen können der Sache der Frauen nichts als schaden, weil der Mann im Allgemeinen, wie gesagt, in intellektueller Hinsicht unbestritten reicher ausgestattet ist, als sie. Von der Natur ist er mit einem stärkeren und für eine größere Wirksamkeit tauglicheren Charakter begabt. Aber etwas ganz Anderes ist es, jedem menschlichen Wesen ein Mittel zu einem ehrlichen Fortkommen in der Welt an die Hand zu geben; Gelegenheit zu geben, durch eine lohnende Arbeit sich dem demoralisirenden Einfluß zu entziehen, welchen eine unglückliche Ehe durch die Kinder, die daraus hervorgehen, auf die Gesellschaft ausübt. — Noth, Kummer und eine trübe, hoffnungslose Zukunft sind, glauben Sie mir, schlechte Rathgeber, und mancher verfällt in Laster und moralisches Elend in Folge der niederdrückenden, von dort entstammenden Einwirkung auf die bessern Gefühle seiner Seele. Unter dem Kampfe damit geht manches im Grunde edle Herz verloren.“

Hier wurde das Gespräch durch Debora unterbrochen, welche die Thüre öffnete und hereinrief:

„Der Wagen des Hüttenwerksbesitzers Ulrici hält vor der Thüre."

XXI.

Zum zweiten Mal weilte Gotthard Ulrici unter dem Dach der Frau, welche er einmal von ganzer Seele geliebt, und welche zweimal seine Hoffnungen auf Glück und Liebe getäuscht hatte. Das erste Mal opferte sie ihn für ihre Mutter und wurde seines Bruders Frau; da der Tod die Bande löste, welche sie an den Bruder gefesselt hatten, schlug sie das Anerbieten seiner Hand aus, weil sie ihren Kindern nicht einen Stiefvater geben wollte, der es ihnen niemals verziehen hätte, daß sie seines Bruders Kinder waren.

Gotthard Ulrici, ein Mann von redlichem, aber stolzem Charakter, hatte lange Zeit bedurft, um zu vergessen und Nina zu verzeihen, daß sie ihn ihren Pflichten als Mutter aufgeopfert hatte.

Als er sie das erste Mal besuchte, war dieser Groll, selbst nach Verfluß von zwölf Jahren, noch nicht milder, sondern beim Anblick des häuslichen Lebens, das die Wittwe mit ihren Kindern führte, eher bitterer geworden.

Mit einem Gefühl schmerzlicher Sehnsucht dachte er: „ein solches Heimwesen hätte sie mir schaffen können, wenn sie mich so geliebt hätte, wie ich sie liebte."

Bei allen daran sich reihenden Gedanken wurden seine Gefühle immer feindseliger gegen den Urfächer der abschlägigen Antwort, welche Nina ihm gegeben hatte, und dieser Ursächer war seiner Vorstellung nach Eugen, weil es ihn selbst so schwer ankam, sich jemals mit Nina's Sohn zu befreunden.

Alles dieß hatte zur Folge, daß, als er das Nina gegebene Versprechen, Eugen auf der Universität zu unterstützen, erfüllen sollte, dieß auf die Art und Weise geschah, wie wir sie schon weiter oben geschildert haben. Nachdem er von Eugens Gläubigern wegen der Schulden seines Neffen angegangen worden war, schrieb er in der Eingebung des Zorns an Nina und entdeckte ihr, wie der Sohn wäre, für welchen sie ihn aufgeopfert hatte, und wie ihre mütterliche Liebe von Eugen belohnt würde.

Wir haben gesehen, wie Nina darauf handelte.

Allerdings bereute es Gotthard späterhin und erbot sich, seines Neffen Schulden zu bezahlen; aber dieß lehnte Nina mit Bestimmtheit ab.

Verletzt durch diese Weigerung hatte er seitdem nur in Geschäftsangelegenheiten als Vormund seiner Schwestertöchter geschrieben, aber sich nicht zu Olga's Hochzeit eingefunden, sondern Krankheit vorgeschützt.

Es war somit eine große Ueberraschung für die Bewohner von Adersberg, als Debora so unvermuthet seine Ankunft verkündigte; aber diese Ueberraschung verwandelte sich in ein eigenthümliches trauriges Gefühl, als Nina ihm entgegen ging und anstatt des früher so kraftvollen Mannes einen bleichen, abgezehrten Greis aus dem Wagen steigen und auf sie zukommen sah.

Das Gesicht war das Gotthards; aber wie die

Möglichkeit sich erklären, daß mit dem starken und
kräftigen Mann in der kurzen Zeit von ein paar
Jahren eine solche Veränderung vorgegangen war!
Aus jedem Zug glaubte man sich den Tod entgegen-
starren zu sehen, und unauslöschlich stand auf der
bleichgelben Stirne geschrieben, daß der Sensenmann
Gotthards wankenden Schritten folgte, um die wenigen, die er ihm noch zu gehen erlaubte, nachzu-
zählen, ehe er mit seiner verhängnißvollen Waffe
ihn völlig zu Boden streckte.

Die schmerzlichen Gefühle, welche bei seinem Anblick Nina's Brust erfüllten, dem Anblick des einzigen
Mannes, den sie jemals geliebt hatte, waren zu
deutlich auf ihrem Angesicht geschrieben, als daß sie
seinem noch scharfen Blick entgehen konnten. Mit
einem schmerzlichen Lächeln sagte er:

„Mein Aussehen erschreckt Dich? Es fällt Dir
schwer, zu denken, daß ich es wirklich bin, und dennoch ist es nicht länger als ein Jahr her, daß ich
noch gesund und stark war.“

Nina trat ihm näher. Mit der Herzensgüte,
welche ihren größten Schmuck ausmachte, faßte sie
seine zitternde Hand, legte sie auf ihren Arm, während der Diener auf der andern Seite seinen wankenden Schritt unterstützte, und so geleitet, trat er
in das Gesellschaftszimmer, während Nina mit herzlicher, wiewohl bebender Stimme sagte:

„Wie wahrhaft willkommen Du hier bist, brauche
ich Dir nicht zu sagen. Krank oder gesund, bist Du
Nina immer ein theurer Freund, und wir wollen
hoffen, daß die Krankheit, so schnell sie Deine Kräfte

mitgenommen hat, auch von kurzer Dauer sein
werde."

Gotthard lächelte traurig und reichte Eduard die
Hand, da er ihn von jüngeren Jahren her kannte
und mit ihm auch in späterer Zeit in der Hauptstadt zusammengetroffen war. Thekla betrachtete er
mit einer Miene, welche deutlich bewies, daß er sie
nicht kannte.

Thekla näherte sich ihm nun, und er begrüßte sie
mit einem matten Kopfnicken.

Jetzt trat auch Elma ein, um ihren Verwandten
zu begrüßen, und es wurde ihr ganz melancholisch
zu Muthe, als sie wahrnahm, wie betrübend er
aussah.

Eine Stunde hernach verließ der Kapitän Ackersberg, und Gotthard erklärte, er habe mit Nina Etwas unter vier Augen zu besprechen, worauf die
beiden Mädchen sich gleichfalls zurückzogen und auf
ihr Zimmer begaben.

„Nina," sagte Gotthard mit der Heftigkeit, welche
ihm eigenthümlich war, „weißt Du, warum ich hieher
komme und woher ich komme? — Das wirst Du
freilich niemals errathen."

„Ei nun, Du kommst wohl hieher, um mich noch
einmal zu sehen und mir als Freund ein vielleicht
ruhiges und ewiges Lebewohl zu sagen," antwortete
Nina sanft.

„Nein, ich bin hieher gekommen, um zu sterben. — Du erbleichst. Ach, Nina, dem Mann,
dessen Leben Du nicht beglücken wolltest, wirst Du
wenigstens nicht abschlagen, den Tod zu erheitern
und zu versüßen. — Ich komme eben aus der Haupt-

ſtabt und habe dort von den Aerzten mein Urtheil
empfangen, daß mir nur noch wenige Wochen zu
leben vergönnt iſt. Dieſe Wochen wünſche ich in
Deinem Hauſe zuzubringen, wo ich Dich vor Augen
ſehe, den Laut Deiner Stimme höre, und von Dir gepflegt, meinen letzten Seufzer in Deiner Nähe aus-
hauchen kann. — Sprich, wirſt Du auch jetzt Nein
ſagen?“

„Gewiß nicht,“ antwortete Nina, während die
hellen Thränen ihr über die Wangen rannen.

„Ich danke Dir! — Der Tod wird mir alſo
ein Glück ſchenken, welches das Leben mir verſagt
hat.“

XXII.

Eine Woche war vergangen, und in dem Schlaf-
gemach neben dem Geſellſchaftszimmer einquartirt,
verlebte Gotthard ſeine körperlich qualvollen Tage
mit Geduld und Ergebung.

Nina war in das einzige Gaſtzimmer hinaufge-
zogen, welches ſich zu Ackersberg befand, aber für
den Kranken allzu klein und unbequem war.

Sie verbrachte ihre Tage an Gotthards Seite
und bot alle ihre Kräfte auf, die letzte kleine Strecke
auf dem Lebenspfade des Mannes, an deſſen Seite
ſie ſich einſt das höchſte Glück auf Erden geträumt
hatte, mit Blumen zu beſtreuen; wenn ſie einmal
des Tags ihn verließ, waren Elma und Thekla zur
Hand, um ihm Geſellſchaft zu leiſten und ihm die
langen Stunden zu verkürzen.

Eines Nachmittags hatte Nina einige Geschäfte zu besorgen, welche sie zwangen, ihn auf ein paar Stunden zu verlassen.

Elma mußte ausgehen, um eine Braut anzukleiden, und somit saß Thekla allein bei dem Kranken.

„Du liebst Deine Mutter wohl sehr?" sagte Gotthard zu dem jungen Mädchen, nachdem er mit derselben eine Weile über ihr häusliches Leben gesprochen hatte.

„Mehr als ich mit Worten ausdrücken kann."

„Du hegst wohl dasselbe Gefühl für sie, als ob sie Deine wirkliche Mutter wäre."

Thekla fuhr zusammen, begann aber sogleich wieder zu lächeln und sagte:

„Nun, das ist ja natürlich, denn sie ist meine Mutter, welche mir das Leben geschenkt und mich gelehrt hat, es zu meinem und Anderer Nutzen anzuwenden.

„Aber weißt Du nicht, daß —"

Gotthard stockte und blickte Thekla an, welche, als er nicht fortfuhr, mit bebender Stimme fragte:

„Was?"

„Hat Nina Dir niemals gesagt, daß Du nicht ihr Kind bist?" fragte Gotthard.

Kaum waren diese Worte über seine Lippen gegangen, so stürzte Thekla auf ihn zu, faßte ihn am Arm und rief mit dem Ausdruck unbeschreiblicher Angst:

„Sie ist nicht meine Mutter? — Ich bin nicht das Kind dieser edeln Frau? — O! das wäre entsetzlich, das wäre bitterer als der Tod!"

„Kind, beruhige Dich und höre mich an," sagte Gotthard, erschreckt durch die Wirkung seiner Worte.

„Mich beruhigen!" rief Thekla leidenschaftlich; „mich beruhigen, wenn Sie sagen: ‚Diese Frau, deren Kind zu sein Du bisher so stolz gewesen bist, ist nicht Deine Mutter? Diese Mutter, welche den größten Reichthum Deines Herzens ausmachte, darum weil sie Dein war, sie ist es nicht., — „Noth, Armuth, Krankheit — Alles, Alles könnte ich ertragen; aber die Gewißheit, ihr Kind nicht zu sein, wäre zu viel für mich. O! lügen Sie, ersinnen Sie irgend eine Unwahrheit, aber lassen Sie mich in dem Glauben leben und sterben, daß sie meine Mutter ist, daß ich ein Theil von ihr bin, und daß meine Seele von ihr ausgegangen ist!"

Thekla sank auf die Kniee, und heftiges Schluchzen erstickte ihre Stimme. Mit Mühe vermochte sie zu stammeln:

„Reden Sie, reden Sie, um Gottes willen!"

„Hier bedarf es keines andern Zeugnisses, als dessen von Deinem eigenen Herzen," sagte Nina, welche während der Worte Thekla's eingetreten war. „Stehe auf, mein Kind, betrachte mich und sprich: bin ich Deine Mutter, oder bin ich es nicht?"

Nina hatte ihren Arm um die Tochter geschlungen und sie aufgehoben.

Thekla drehte sich zu ihrer Mutter um, faßte ihre beiden Hände und blieb so stehen, indem sie ihr ins Gesicht schaute.

Nach Verfluß einiger Minuten schlang sie ihre Arme um Nina's Hals und rief:

„Du bist meine Mutter. Nur ein Engel

ober eine Mutter kann einen solchen Ausdruck im Blicke haben."

„Ich danke Dir, mein Kind!" stammelte Nina, welche in diesem Augenblick von Gott reichlich belohnt zu sein glaubte, so glücklich fühlte sie sich. Nina strich mit den Händen über Thekla's Stirne und setzte hinzu:

„Die Worte Deines Oheims, daß Du nicht mein Kind seiest, gründen sich auf ein Gerücht, welches die tadelsüchtigen Zungen in Westerköping, um mich zu erniedrigen, ausbreiteten. Man war dort nicht gut auf Deine Mutter zu sprechen, deßhalb wollte man durchaus etwas Tadelnswerthes und Unerklärliches in Allem, was mich betraf, finden."

„Ich bedarf Deiner Erklärung nicht, liebe Mutter. Mein Herz, Dein Blick sagt mehr, als man mir immer sagen könnte."

Gotthard lehnte sich in sein Kissen zurück und schloß die Augen. Er war sehr gerührt.

Später am Abend, als er und Nina wieder allein waren, bemerkte er:

„‚Nur ein Engel oder eine Mutter kann einen solchen Ausdruck im Blicke haben‘," hat Thekla gesagt. „Sie hätte sagen sollen: ‚Nur ein Engel kann ein solches Herz haben wie Nina.‘"

„Still, Gotthard! Dieses Kind ist mein, denn ich habe ihm das Leben gerettet; — aber die Gewißheit, daß ich nicht ihre Mutter wäre, würde Thekla unglücklich machen. Ich selbst habe gänzlich vergessen, daß eine Andere ihr das Leben gegeben hat, und möge nun dieses Geheimniß mit Dir und mir sterben."

Aber er, der in unſer Herz ſieht, er kennt Dein
Geheimniß und er hat Dir zum Lohn für Deine
Mühe die Liebe dieſes Kindes geſchenkt. Gott bewahre mich davor, ihren Frieden zu ſtören. Eins
aber wünſche ich dennoch, nämlich daß Du mir die
nähern Umſtände von Thekla's Geburt erzählteſt;
denn Alles, was Du mir nach Deines Mannes Tod
ſagteſt, beſchränkte ſich darauf, daß das Mädchen
meines Bruders Kind ſei. Willſt Du dieſen meinen
Wunſch erfüllen?

„Gern," ſagte Nina, „und nachdem ſie ſich überzeugt hatte, daß Niemand im Geſellſchaftszimmer
war, verſchloß ſie die Thüre und erzählte mit leiſer
Stimme wie folgt:

„Du erinnerſt Dich vielleicht noch, daß eine Zeit
lang eine Verwandte von mir, eine Couſine Eva
Sander in meinem Hauſe wohnte. Ein halbes Jahr
vor meines Mannes Tod verließ ſie unſer Haus
und kehrte, wie es hieß, zu ihrer Mutter zurück.
Am Morgen deſſelben Tages, da mein Mann ſtarb,
kam ein Brief an ihn an. Da er bereits mit dem
Tode kämpfte und ohne Bewußtſein war, nahm die
Magd den Brief in Empfang und legte ihn auf ſei-
nen Tiſch, ohne mir ein Wort davon zu ſagen. Drei
Tage ſpäter, als mein Mann beerdigt war, ſah ich
zufällig den Brief und erbrach ihn, gerieth aber in
nicht geringe Beſtürzung, als ich ihn von Eva unter-
zeichnet fand und aus dem Inhalt erfuhr, daß ſie
ſchon vor drei Tagen, alſo zu derſelben Zeit, da
mein Mann geſtorben war, einer Tochter das Leben
gegeben hatte, und daß ſie mit ihm ſprechen wollte.
Der Brief war augenſcheinlich in exaltirter Gemüths-

ſtimmung geſchrieben und ſchloß mit der Erklärung, daß, wenn ſie nicht unverzüglich mit meinem Mann zu ſprechen Gelegenheit fände, ſie ſich und ihrem Kinde das Leben nehmen würde, da ſie von ihrer Mutter niemals für die Schmach, welche ſie über die Familie gebracht, Verzeihung zu hoffen hätte. Da ſie zugleich den Namen der Frau nannte, bei welcher ſie ſich verborgen hielt, ſo beſchloß ich noch denſelben Abend in der Dämmerung mich zu ihr zu begeben. Ehe ich aber noch meinen Vorſatz ausführen konnte, kam ein Bote von der genannten Frau, welche mich erſuchen ließ, zu Eva zu kommen, da dieſelbe wahnſinnig geworden ſei."

Nina fuhr fort:

„Ich begab mich dahin, und werde niemals vergeſſen, wie ich erſchrack, als man mich in ein kleines Gemach führte, wo Eva in einem Anfall von Raſerei dalag und ihr Kind mit beiden Händen feſt hielt, während die Frau alle ihre Kräfte aufbot, es derſelben zu entreißen. Aber die Unglückliche hatte es bereits ſo feſt am Halſe gefaßt, daß das kleine Geſicht ſchon blau und geſchwollen war, und man war nicht im Stande, die zuſammengepreßten Hände aufzureißen. Ich ſtürzte auf ſie zu und rief: ‚Eva, Eva! Ich will Deinem Kind eine Mutter werden.‘ —

„Der Laut meiner Stimme wirkte wie ein elektriſcher Schlag; ſie ließ das Kind los, ſtarrte mich an, murmelte dann: ‚Nina!‘ — und verfiel wieder in Delirium. Ich blieb die ganze Nacht bei ihr. Am folgenden Morgen ſtarb ſie; aber vor ihrem Tod erhielt ſie den Gebrauch ihrer Sinne wieder, und da verſprach ich ihr, daß Niemand von ihrem Fehltritt und von meines Mannes Treulosigkeit Kunde erhalten sollte. Ich gelobte ihr sogar, bei ihrem und meines verstorbenen Mannes Kinde Mutterstelle zu vertreten. — Wie Du weißt, gab ich es für das meinige aus, und troß allen Muthmaßens und Flüsterns in Westerköping hat man doch immerdar Thekla als mein Kind angesehen; und dieß ist sie auch, denn ich liebe sie ebenso sehr, wie wenn ich ihre rechte Mutter wäre."

XXIII.

Weihnachten ging in Ackersberg ungewöhnlich still vorüber. Es konnte auch nicht anders sein, denn Gotthard näherte sich mit großen Schritten dem Grabe.

Eines Morgens während der Feiertage klopfte es an Eugens Thüre. Er war erst kürzlich in der Heimath angelangt.

Als er die Thüre öffnete, stand Elma vor ihm, wie zum Ausgehen völlig angekleidet.

„Eugen, ich habe ein Geschäft drunten im Dorfe, — willst Du mich begleiten?"

„Das ist klar, meine kleine Braut," antwortete er und griff nach Ueberrock und Müße.

„Ei, mein Lieber, Deine Braut bin ich noch nicht," sagte Elma lächelnd.

„Ja so, was bist Du denn?"

„Deine Schwester."

„Danke schön dafür, aber dieser Art von Ver-

wandtschaft haben wir längst abgesagt. Ich will
Dich nicht zur Schwester haben."

Sie waren nun unten im Hofe.

„Da ich noch keinen Ring trage, so verbitte ich
mir sowohl den Titel Braut, als Frauchen," sagte
Elma lachend und nahm seinen Arm.

So zogen sie unter Scherzen ihres Wegs. Als
sie so weit vom Hause weg waren, daß man sie
nicht mehr sehen konnte, begann Elma mit einem Ausbruck von Verlegenheit:

„Ich habe Dir Etwas zu sagen, aber ich fürchte,
Dich zu betrüben."

„Du! — Unmöglich, Elma."

„Höre, Eugen, wenn wir ein Paar werden sollen, so ist doch Alles, was wir, Du und ich, haben,
gemeinschaftlich?"

„Das ist klar. Wir sind zwei Hälften, die ein
Ganzes werden sollen, und darum ist Alles, was
wir jetzt und künftig besitzen, unser gemeinschaftliches
Eigenthum. Aber warum diese Frage?"

„Deßhalb, weil, wenn ich Etwas von Dir haben
wollte, dieß ja nur ein Theil von dem wäre, was
mir zugehört."

„Natürlich. Was wünschest Du denn?"

„Wenn ich eine Schuld hätte und Dich bäte, sie
zu bezahlen, wie würdest Du das ansehen?

„Gerade als ob ich eine von meinen eigenen
Schulden bezahlte."

„Bist Du vollkommen überzeugt, daß ich ohne
alle Demüthigung für meine Person Dich bezahlen
lassen könnte, was ich schuldig wäre?"

Elma sprach diese Worte mit hochgerötheten Wangen.

„Vollkommen. Siehst Du, liebe Elma, seitdem Du mir Dein Herz geschenkt und meine Frau zu werden versprochen hast, gibt es Niemand, welcher Dir so nahe stände, wie ich. Die Schulden des einen sind die des andern, gerade wie das Einkommen, wenn wir einmal dazu gelangen. Es verlohnt sich gar nicht der Mühe, davon zu reden. Ein Mein und ein Dein gibt es nicht für uns.

„Schön, schön!" rief Elma mit strahlenden Augen." Du hast selbst gesagt: ein Mein und ein Dein gibt es nicht. Nimm' also dieß als Weihnachtsgeschenk von mir an; ich habe es auf den Grund hin, daß Deine Schulden auch die meinigen sind, eingelöst."

Mit diesen Worten reichte sie Eugen ein durchstrichenes Papier. Es war die Schuldverschreibung, welche der Kronvogt Warén auf sich hatte übertragen lassen.

Eugen starrte das Papier an und warf dann einen Blick auf Elma. Er sah aus, als ob man ihm einen schimpflichen Schlag ins Gesicht gegeben hätte.

Als Elma den Eindruck, welchen der Anblick der Schuldverschreibung auf ihn machte, wahrnahm, schmiegte sie sich an ihn und flüsterte:

„Liebst Du mich so wenig, daß Dein Stolz sich darüber empört, wenn ich Dir bei Hinwegräumung der Hindernisse, die unserer Verbindung im Wege stehen, ein wenig behülflich sein will? Eugen, Eugen! Bist Du zu stolz, um mir das süße Bewußtsein zu mißgönnen, Etwas dazu beigetragen zu haben, daß wir dem Ziele unserer Wünsche um einen Schritt näher kommen?"

„Elma," sagte Eugen, „siehst Du nicht das Demüthigende ein, welches für mich darin liegt, als Mann eine solche Gabe von Dir anzunehmen?"

„Wenn man liebt, wenn man im Begriff steht, seine Geschicke zu vereinigen, da gibt es kein Mein und Dein. Dieß hast Du selbst gesagt, und laß mich nicht glauben, daß Deine Liebe zu mir niedriger steht, als Dein Stolz. — Niemand außer uns beiden soll wissen, wer diesen Schuldschein eingelöst hat; und nicht wahr, Du wirst Dich nicht gedemüthigt fühlen?"

„Aber weißt Du, theure Freundin, wozu ich dieses von mir entlehnte und von Dir bezahlte Geld angewendet habe?"

„Ja, ich weiß es, Du bist unbedachtsam gewesen; aber da ich ohne Zweifel in denselben Fehler verfallen wäre, wenn ich mich an Deiner Stelle befunden hätte, so lassen wir das Vergangene mit dem Winde davon fliegen, und sprechen nie mehr davon."

Damit zerriß Elma die Schuldverschreibung und streute sie in kleinen Stückchen in die Lüfte.

„Elma! Elma!" rief Eugen und schlang die Arme um sie.

„Nun, nun, keine sentimentalen Ausrufe und besonders keine Umarmungen auf offener Landstraße!"

„Aber sage mir, wie bist Du zu so viel Geld gekommen?" hob Eugen nach einer Weile wieder an.

„Ja, siehst Du: ein Drittel davon habe ich mir

erſpart, und die zwei andern Drittel habe ich bei
Onkel Gotthard auf unſer kleines Kapital, das zu
unſerer häuslichen Einrichtung beſtimmt iſt, aufgenommen."

„Dein Kapital, willſt Du ſagen," fiel Eugen
mit hochgerötheten Wangen ein.

„Eugen, wenn Du ſo von Mein und Dein redeſt,
ſo werde ich böſe, und ſiehſt Du, da glaube ich nicht,
daß Du mich ſo liebſt, wie ich von Dir geliebt
ſein will."

XXIV.

Das Jahr darauf im September herrſchte ein
unruhiges Treiben und große Geſchäftigkeit in Ackersberg, das buchſtäblich mit Beſuch vollgepfropft war.

Olga mit Mann und Kind ſammt Eugen waren
als Gäſte da; außerdem zwei Nähmamſells. Das
ganze weibliche Perſonal war vom Morgen bis zum
Abend an der Arbeit; denn den zwanzigſten September ſollte zu Ackersberg eine Hochzeit gefeiert
werden, über welche Jedermann ſich freute, das heißt,
Elma und Eugen ſollten die Rolle der Pflegegeſchwi-
ſter gegen die der Gatten vertauſchen.

Gotthard war in den erſten Tagen des Januar
geſtorben und hatte bei ſeinem Tode ſein anſehn-
liches Vermögen in drei Theile getheilt. Ein Drittel hatte er Nina vermacht, das zweite Drittel erhielten Eugen und Thekla, das dritte Olga und
Elma.

Dieſer Umſtand hatte Eugens und Elma's Aus-

sichten in die Zukunft wesentlich verändert und deren
Vereinigung beschleunigt.

Glücklich und froh sahen diese beiden, die von
Kindheit auf einander geliebt hatten, dem Augenblick entgegen, da sie vor Gott und Menschen Eins
werden sollten.

Zu Anfang Oktober mußte Eugen wieder in der
Hauptstadt sein, da sein Urlaub auf diese Zeit ab-
lief. Nina und Thekla sollten die Neuvermählten
nach Stockholm begleiten und einige Wochen bei
ihnen zubringen. Olga hatte Eugen geholfen, seine
häuslichen Einrichtungen in einer Weise zu treffen,
daß sie voraussichtlich Elma's Geschmack entsprechen
mußten. Die erste Woche ihrer Ehe sollten demnach die jungen Leute noch in derselben Heimath
zubringen, in der sie aufgewachsen waren, wo sie
unter Spiel und Arbeit einander zu lieben gelernt
und Freud und Leid getheilt hatten.

Einige Tage vor der Hochzeit, während man an
dem Brautkleid nähte, und Olga, Elma und Thekla
um den großen Tisch herumsaßen, welcher mit Stof-
fen und Arbeiten aller Art bedeckt war, sagte eine
der Mamsells, welche aus der Stadt gekommen
waren, um hilfreiche Hand zu leisten:

„Dieß ist der zwanzigste Brautanzug, den ich
verfertige, seitdem ich auf das Kleidermachen mich
verlege, und — merkwürdig genug — aus der
Farbe, welche die Braut zu ihrem Anzug wählt,
habe ich dabei auf deren Gemüthsart zu schließen
gelernt."

„Das wäre viel!" sagte Olga; „worauf gründen Sie diese Schlüsse?"

11*

„Auf die Erfahrung. Die Kindischen, die Schönen, die Eiteln und die sehr Verliebten wählen immer die weiße Farbe. — Die Ernsten, streng Sparsamen und feierlich Gesinnten wählen die schwarze.

„Nun, und welche wählen denn Couleur?" fragte Olga.

„Die Besonnenen und Verständigen, welche das Elegante mit dem Zweckmäßigen vereinen wollen."

„Das heißt," fiel Elma ein, „Olga gehört zu den Besonnenen und Verständigen; denn sie hatte ein hellgraues Brautkleid."

„Und Du rechnest Dich zu den Kindischen," sagte Olga lachend, „denn Du wähltest weiß."

„Oder zu den sehr Verliebten," setzte Thella hinzu.

„Nun, was glauben Sie, Mamsell, daß Thella für eine Farbe wählen wird?" fragte Elma.

„Schwarz," antwortete die junge Näherin.

„Ja, im Fall ich jemals Braut werde, so will ich schwarz gekleidet sein."

„Und warum das?" fragte Olga.

„Weil Schwarz eine festliche Farbe ist, und weil ich die Heirath für die feierlichste Handlung im ganzen Leben ansehe."

„Habe ich nicht gesagt, Mamsell Ulrici wird die schwarze Farbe wählen?"

XXV.

Endlich kam der große Tag. Die Zahl der Hochzeitgäste war aus mehr als einem Grunde sehr beschränkt.

Oben in dem Zimmer der Mädchen wurde Elma von Nina's Hand bräutlich geschmückt. Es war dieß nun das zweite der von ihr auferzogenen Kinder, welches sie jetzt zu diesem heiligen Act ankleidete, der für Nina im vorliegenden Fall eine doppelte Wichtigkeit hatte, da ihr Sohn der Mann war, welcher die Pflegetochter als Gattin heimführen sollte.

Thekla und Olga waren Nina hiebei behülflich gewesen; aber als sie den Kranz aufsetzen wollte, erhob sich Elma und flüsterte:

„Laßt uns allein, Schwestern."

Thekla und Olga entfernten sich, und Elma stand nun in dem weißen wallenden Seidenkleide so schön vor Nina, daß der Blick derselben mit eigenthümlichem Wohlgefallen auf dem von lebhaften Empfindungen gerötheten Antlitz der Pflegetochter weilte.

„Mutter," flüsterte Elma und faßte, sich auf die Kniee niederlassend, Nina's beide Hände. „Mutter, habe Dank für Deine Liebe, für alle die grenzenlose Mühe, welche Du gehabt hast, um mich zu einer guten Frau heranzubilden. Mit Deinem Segen als Brautgabe fühle ich, daß mein ganzes Streben darauf gerichtet sein wird, bei Erfüllung der theuren Pflichten, die ich zu übernehmen im Begriff, Dir wenn auch nur annäherungsweise gleich zu kommen. Du wirst als das Ideal der Vollkommenheit, nach dem ich trachte, vor meiner Seele stehen; und daß es so ist, dafür danke ich Dir auf meinen Knieen, glücklich in dem Bewußtsein, daß mein Gatte Dein Sohn ist. Gott lohne Dir für das, was Du mir vater- und mutterlosen Kinde gewesen bist!"

Nina legte ihre Hände auf das gesenkte Haupt und sprach mit tiefer Rührung:

„Gott segne und behüte Dich, mein Kind, auf dem Wege, den Du jetzt betrittst."

Dann setzte sie ihr den Kranz auf und umarmte sie.

Eine lange Weile hielten sie einander umschlungen, unfähig ein Wort zu sprechen. Es war einer von jenen Augenblicken, wo die Gefühle überströmen und kein Wort zu dolmetschen vermag, wessen das Herz voll ist.

Wie innig war das Gebet, welches aus Nina's Herzen aufstieg, als der Sohn und die Pflegetochter vor dem würdigen und allgemein beliebten Probst knieten! Welche Erinnerungen rief nicht dieser Augenblick in ihrer Seele hervor, und wie warm flehte sie nicht zum Höchsten, Elma mit jedem Kummer zu verschonen und Eugen zu einem guten Ehemann zu machen, damit die Freundin seiner Kindheit niemals eine Ahnung von den grenzenlosen Leiden erhalte, welche der Frau beschieden sind, die gleich ihr selbst, das Opfer der Launen eines grausamen und tyrannischen Mannes wird. Gewiß hörte Gott das Gebet dieser Mutter, welche so gewissenhaft ihre Pflichten gegen die eigenen und fremden Kinder erfüllt hatte.

Sollte nicht eine Frau wie Nina auf edle und hochherzige Weise genützt haben? Und sollte nicht ein solches Streben, wie das ihrige, viel edler und höher sein, als wenn sie sich dadurch, daß sie gegen die traurige Stellung der Frauen im Leben zu Felde zog, vor der Welt bemerklich zu machen gesucht hätte?

XXVI.

Am Tag vor der Abreise nach Stockholm, als Nina, Olga und die junge Frau mit Einpacken zu thun hatten, war Thekla nach Warnäs gefahren, um ihrer kleinen Schülerin Lebewohl zu sagen.

Als sie in den Salon trat, fand sie den Kapitän daselbst.

„Ich komme, um mich von Sally vorübergehend zu verabschieden," sagte Thekla; „ich habe ihr versprochen, sie noch einmal zu besuchen."

„Ja, es ist wahr, Sie wollen uns auf einige Zeit verlassen," erwiederte der Kapitän. „Arme Sally!" setzte er mit einem Seufzer hinzu!

„In drei Wochen bin ich wieder hier."

Der Kapitän faßte ihre Hand und sagte:

„Und die Trennung von den Freunden in Warnäs kostet Ihnen, Thekla, keinen Seufzer des Bedauerns? Sie freuen sich so sehr auf die Reise nach der Hauptstadt, daß Sie ganz vergessen, wie man Sie hier vermissen wird."

Thekla schaute mit schüchterner Miene zu ihm
auf und sagte:

„Werden Sie mich vermissen?"

„Sehr."

Seine Stimme hatte einen eigenthümlich weichen
Accent.

„Nicht so sehr, wie ich mich sehnen werde, Sie
wieder zu sehen, mein theurer Lehrer."

„Woher wissen Sie das, Thekla?"

„Sie vermissen mich, wie man eine alte Gewohnheit vermißt, aber ich — ich —"

Thekla schwieg.

„Aber Sie?" fragte der Kapitän.

„Ich vermisse das Gespräch mit Ihnen, die Be-
trachtung Ihrer Ueberlegenheit, den Genuß, den es
mir stets bereitete, Ihren Lehren zuzuhören?"

„Sie vermissen mich als Lehrer," fuhr er fort
und ließ seufzend ihre Hand los.

„Ein Freund und Lehrer ist mehr als eine Gewohnheit," erwiederte sie.

„Thekla, Sie werden in der Hauptstadt viel höher
und reicher begabte Männer, als ich bin, finden,
und da geräth der alte Freund und Lehrer in Vergessenheit."

„Niemals."

„Kind, um dieses Wort auszusprechen, sind Sie
noch zu jung; aber ich werde daheim vergeblich in
meinen Büchern einen Ersatz für Ihre Gesellschaft
suchen. Der todte Buchstabe entschädigt wenig für
die Freude, welche mir der Austausch der Gedanken
mit Ihnen gewährte. Es wird sehr leer werden
hinter Ihnen, Thekla; aber es ist gut so, daß man

sich bei Zeiten an einen Verlust gewöhnt, welcher früher oder später uns treffen muß."

„Wenn Sie mich so sehr vermissen, warum reisen Sie nicht mit nach Stockholm?" sagte Thekla.

„Und wozu sollte dieß dienen?"

„Um den Aufenthalt daselbst für uns alle — und insbesondere für mich, noch angenehmer zu machen. Jetzt werde ich bei jedem neuen Gegenstand, den ich zu sehen bekomme, wünschen, daß Sie an meiner Seite wären und auf Ihre einfache, aber geistvolle Weise die Bedeutung desselben erklärten. Ich werde Sie als den besseren Theil meiner selbst vermissen."

„Aber wissen Sie, Thekla, was ich einzusehen beginne?"

„Daß mein Vorschlag gut ist."

„Nein, daß ich noch nicht alt genug bin, um Ihr Mentor zu sein?"

„Und warum sollten Sie denn alt sein? das begreife ich gar nicht."

„Aber ich begreife, daß Sie zu jung für mich sind — und daß ich nicht alt genug bin, um ungestraft Ihr Freund und Lehrer zu sein."

„Das ist ein Räthsel, das ich nicht zu lösen vermag."

„Wollen Sie, Thekla, daß ich Ihnen die Lösung gebe?"

„Ja."

„Sie sind allzu jung, um mich lieben zu können; aber ich bin noch nicht alt genug, um Sie n i c h t lieben zu können."

Thekla wich unwillkürlich einen Schritt zurück,

wie wenn sie auf Etwas getreten wäre, und der
vorher gehobene Blick senkte sich plötzlich. Es kam
ihr vor, als hätte man ihr einen betäubenden Schlag
gegeben, welcher eine unerklärliche Empfindung hervorrief.

„Sehen Sie, Thekla, schon die bloße Vorstellung
von so Etwas erschreckt Sie. Sie sind ja ganz
bleich geworden und zittern. Kommt es Ihnen so
widerlich vor, von mir geliebt zu werden? Antworten Sie aufrichtig.

„Widerwärtig gewiß nicht, aber —“

„Was?“

Jetzt sah Thekla wieder auf. Mit einem kindlich demüthigen Ausdruck in Blick und Stimme
sagte sie:

„Ich komme mir selbst Ihnen gegenüber zu gering vor. Wie wäre es möglich, daß Sie mich
lieben könnten, Sie mit Ihren ungewöhnlichen Geistesgaben und tiefen Kenntnissen?“

„Thekla, es ist hier nicht die Frage von dem,
was möglich, sondern von dem, was wirklich
ist, und das Wirkliche eben ist, daß ich Sie so liebe,
wie ich niemals lieben zu können geglaubt habe.
Aber meine Liebe zu Ihnen ist keine thörichte Leidenschaft, sondern ein starkes und warmes Gefühl,
welches vor allen Dingen auf Ihr Glück sein Ab-
sehen hat. Darum würde ich Ihnen von dem, was
in mir vorgeht, kein Wort gesagt haben, wenn nicht
Ihre Reise nach Stockholm mir die Nothwendigkeit
gezeigt hätte, mich von Ihnen fern zu halten und
nicht wie ein Träumer noch länger ein Gefühl zu
nähren, welches Sie niemals erwiedern können?“

„Und warum sollte ich es nicht erwiedern können?"
flüsterte Thekla mit glühenden Wangen.

„Deßhalb, weil ein junges Mädchen wie Sie
nicht gern einem Mann von meinem Alter seine
Liebe schenkt. Ich bin Ihr Freund, Ihr Lehrer,
für welchen Sie Freundschaft hegen, und es thut
Ihnen weh, daß ich durch die Zärtlichkeit, welche in
meinem Herzen erwacht ist, leiden soll; aber ein
Mann in meinen Jahren und mit meiner Gemüthsart spielt nicht die Rolle eines Werther. — Die
Liebe floh mich, da ich jung war — jetzt will ich
meinerseits vor ihr fliehen und während Ihres Auf-
enthalts in Stockholm eine Reise ins Ausland antreten. Wenn ich dann zurückkehre, sind Sie verheirathet und ich — geheilt."

„Ich werde nicht verheirathet sein," flüsterte
Thekla.

„Und warum nicht? Sie sind jung und der Tag
wird kommen, daß Ihr Herz seine Wahl trifft."

„Eben weil es seine Wahl getroffen hat, werde
ich, wenn Sie wiederkommen, nicht verheirathet sein."

„Und wen hat es gewählt?" fragte der Kapitän
mit einer Stimme, in welche er vergeblich einen
Ausdruck von Ruhe zu legen suchte.

„Sie," antwortete Thekla mit gesenktem Haupte
und beinahe lautloser Stimme.

Schluß.

Die jüngste Tochter der Majorin Klint heirathete
den Lieutenant H., welcher trotz der zwei in Akers-

berg empfangenen Körbe doch nicht müde wurde,
sein Glück zum dritten Mal zu versuchen — und
dießmal mit besserem Erfolg.

Die Majorin nahm ihren Wohnsitz bei ihnen.

Svante wurde ein tüchtiger Seemann, der nach
einigen Jahren ein eigenes Fahrzeug befehligte.

Nina genoß die seltene Freude, alle ihre Kinder
glücklich zu sehen. Thekla mit ihrem thätigen, reich-
begabten Geiste paßte vortrefflich als Gattin für
Eduard Dernstjölb, welcher, selbst überlegenen Geistes,
niemals sein Glück an der Seite einer andern, als
einer denkenden Frau, die im Stande war, das Leben im Großen zu fassen und sich dafür zu interessiren, gefunden hätte.

Thekla vergötterte ihrerseits ihren Mann und be-
wunderte ihn als ein Wesen, zu welchem sie beständig
emporschaute. Daneben war es ihr vergönnt, in
der Nähe der Mutter zu bleiben, welche der Gegenstand ihrer grenzenlosen Liebe war und Alles dazu
beitrug, um sie unaussprechlich glücklich zu machen.

Einige Jahre später erhob sich auf dem Hofe zu
Ackersberg, dem alten Gebäude gegenüber, ein neues
und stattliches Haus, welches der Distriktsrichter
Eugen Ulrici mit seiner Familie bezog. Er war
die erste Magistratsperson der Gegend geworden.

Karl war gleichzeitig zum Kronvogt für denselben Bezirk ernannt worden und ließ sich mit Frau
und Kindern ebenfalls in der Nachbarschaft von Ackersberg und Warnäs nieder.

Nina sah sich somit in ihren alten Tagen von
allen ihren Kindern und Kindskindern umgeben, geliebt und verehrt von Allen.

Kann es einen Beruf auf Erben geben, welcher, recht erfüllt, schöner wäre, als der einer Mutter? Gibt es eine Stellung im Leben, worin eine gute und denkende Frau auf eblere Weise nützen kann, als eben in dieser Eigenschaft? — Und bietet das Erbenleben wohl eine höhere Wonne dar, als diejenige, welche eine Mutter empfindet, wenn sie sich von ihren Kindern geliebt und geehrt sieht?

Ende des zweiten und letzten Bandes.

———